Taschenbuch – Literatur - Klassiker

AF188242

Band 50
Horace Walpole
Die Burg von Otranto

Horace Walpole

Die Burg von Otranto

Band 50
1.Auflage
Taschenbuch – Literatur - Klassiker
Herausgeber Frank Weber, Marburg
Bibliografische Information der Deutschen Nationalbibliothek:
Die Deutsche Nationalbibliothek verzeichnet diese Publikation in der Deutschen
Nationalbibliografie; detaillierte bibliografische Daten sind im Internet abrufbar über
http://dnb.dnb.de
© 2018 Horace Walpole
ISBN 9783750432314
Herstellung und Verlag: BoD – Books on Demand, Norderstedt

Der Leserin.

Holder Unschuld, sanfter Liebe Leiden,

nahen sich und suchen Schutz bey Dir:

wirst Du nicht den trüben Anblick meiden?

sollen sie getröstet von Dir scheiden,

und verzeihst Du ihre Sendung mir?

Inhalt

Vorrede der ersten englischen Ausgabe.

Das folgende Werk fand sich in der Büchersammlung eines alten catholischen Geschlechts, im nördlichen Theile Englands. Es ward im Jahr 1529, in Mönchsschrift, in Neapel gedruckt. Wie viel früher es geschrieben worden, ersieht man nicht. Die Hauptvorfälle, welche es erzählt, sind von der Art, als zu den finstersten Zeiten des Christenthums Glauben fanden; aber Schreibart und Darstellung schmecken keinesweges nach Barbarey. Die Sprache ist rein Italiänisch. Wäre die Geschichte um eben die Zeit geschrieben, da sie sich zugetragen haben soll, so träfe das zwischen 1095, der Epoche des ersten Kreuzzuges, und 1243 als dem Zeitpunkt des letzten, oder nicht lange nachher. Sonst stößt man auf keinen Umstand, der die Periode errathen ließe, worin die Scene versetzt ist. Die Nahmen der handelnden Personen sind offenbar erdichtet, und wahrscheinlich absichtlich verstellt. Doch lassen die spanischen Nahmen der Bedienten vermuthen, das Werk sey erst verfaßt, da die Gelangung arragonischer Könige zum Thron von Neapel, spanische Benennungen in diesem Lande gewöhnlich gemacht hatten. Die Schönheit der Sprache, und der Eifer des Schreibers, welchen doch eine seltne Urtheilskraft in Schranken hält, bereden mich anzunehmen, dieses Product sey wenig älter als die Buchdruckerkunst. Damals waren die Wissenschaften in Italien in ihrem blühendsten Zustande, und trugen das ihrige dazu bey, das Reich des Aberglaubens zu zerstören, das von den Kirchenverbesserern so heftig angefallen ward. Läßt es sich nicht denken, daß ein schlauer Pfaffe den Versuch wagen mogte, die Neuerer mit ihren eignen Waffen zu bekämpfen; und sich seines schriftstellerischen Talents bediente, um den Pöbel in alten Irrthümern und Aberglauben zu bestärken? War dies seine Absicht, wahrlich! so verfuhr er schlau genug. Ein Werk wie das seinige wird hundert gewöhnliche Menschenseelen leichter fesseln, als die Hälfte aller Streitschriften, die von Luthers Zeiten bis auf gegenwärtige Stunde erschienen sind. Doch gebe ich diese Entwickelung des Zweckes meines Autors, nur als eine Möglichkeit. Was auch seine Absicht war, welche Wirkung ihre Ausführung auch hervorgebracht haben mag; sein Werk kann der jetzigen Lesewelt, blos als ein Gegenstand der Unterhaltung, vorgelegt werden.

Und selbst in dieser Rücksicht, bedarf es einer Schutzschrift. Wunderwerke, Erscheinungen, Zaubermittel, Träume, und was sonst übernatürlich heißt, ist jetzt sogar aus Romanen verbannt. Das war nicht der Fall als mein Autor schrieb, und noch weniger als die Geschichte sich begeben haben soll, die er aufzeichnet. In jenen Jahrhunderten der Finsterniß, war der Glaube an das Uebernatürliche jeder Art so fest gegründet, daß ein Schriftsteller den Sitten der Zeiten nicht treu bleiben würde, wenn er desselben gar nicht erwähnte. Er ist nicht verbunden daran zu glauben, aber den Leuten die er aufstellt, muß er ihren Glauben nicht absprechen.

Kann der Leser diesen Anstrich des Wunderbaren entschuldigen, so wird er alles übrige seiner Durchsicht wehrt finden. Man gebe nur die Möglichkeit der Thatsachen zu, und alle handelnden Personen betragen sich, wie jedermann in ihrer Lage thun würde. Es giebt hier keinen Schwulst, Gleichnisse, Blumen, Ausschweifungen, oder unnöthige Beschreibungen. Jede Begebenheit zweckt geradezu auf die Entwickelung. Des Lesers Aufmerksamkeit bleibt gespannt. Ich mögte sagen, das Ganze sey nach dramatischen Regeln behandelt. Die Charactere sind gut gezeichnet, und noch besser gehalten. Des Schriftstellers vorzüglichste Triebfeder ist Schrecken, nie läßt es seine Geschichte ermatten, und steht so oft dem Mitleid gegen über, daß sich die Seele in einer beständigen Abwechslung herzangreifender Gefühle befindet.

Es mag Leser geben, denen die Schilderung der Bedienten, gegen den Totaleindruck der Geschichte, nicht ernsthaft genug gehalten dünkt; aber eben dadurch contrastiren sie gegen die Hauptpersonen; und mir scheint gerade die Art, wie mein Autor seine untergeordneten Mitspieler gebraucht, sehr empfehlungswürdig. Von ihnen erfahren wir manches, das wesentlich zur Geschichte gehört, und doch nur durch Naivetät und Einfalt an den Tag gebracht werden konnte; besonders aber tragen Bianca's weibliche Furcht und Schwachheiten, im letzten Abschnitt, wesentlich dazu bey, die Entwickelung zu befördern. Natürlicher Weise ist ein Uebersetzer für das Stiefkind seines Geistes eingenommen. Dem unpartheyischen Leser werden seine Schönheiten minder rühren, als mich. Doch ganz blind, gegen die Mängel meines Originals, bin ich nicht. Ich wünschte der Plan desselben gründete sich auf eine nützlichere Lehre, als darauf: daß die Sünden der Väter an ihren Kindern heimgesucht werden, bis ins dritte und vierte Glied. Ich zweifle, ob der Ehrgeiz, aus Furcht vor einer so entfernten Strafe, sein Gelüsten nach Herrschsucht, zu jener Zeit mehr wie zu der meinigen, in Zaum gehalten habe. Und sogar diese Lehre, wird durch einen versteckteren Wink entkräftet: daß man auch einen solchen Fluch, durch Andacht zum heiligen Niklas, von sich abwenden könne. Hier gilt dem Mönch sein Eigennutz offenbar mehr, als dem Schriftsteller sein Verstand. Aber trotz dieser Fehler, verspreche ich dem Werkchen eine günstige Aufnahme. Die Frömmigkeit die in jeder Zeile athmet, die Tugendregeln die es predigt, und die strenge Unbeflecktheit der Gefühle die es schildert, überheben dieses Buch einem Tadel, den Romane nur zu häufig verdienen. Sollte es so viel Beyfall finden als ich hoffe, so entschließe ich mich vielleicht, das italiänische Original drucken zu lassen, obgleich meine Arbeit dadurch unendlich verlieren wird. Welschlands Sprache läßt die meinige, an Reizen der Mannigfaltigkeit und des Wohlklanges, weit hinter sich zurück. Besonders treflich schickt sie sich, für die Einfalt der Erzählung. Wir finden es sehr schwer, etwas wieder zu sagen, ohne entweder zu gemein zu werden, oder zu hochtrabend. Die Ursache dieser Verlegenheit liegt am Tage. Wir geben uns zu wenig Mühe, im gemeinen Leben rein zu sprechen. Hingegen hält jeder Italiäner oder Franzose, von einigem Range, viel darauf, sich in seiner Sprache richtig und mit Auswahl auszudrücken. Ich darf mir in dieser Rücksicht nicht schmeicheln, daß ich meinem Autor Gerechtigkeit wiederfahren lasse; seine Sprache ist eben so zierlich, als meisterhaft seine Behandlung der Leidenschaften; nur Schade daß er seine Talente nicht dafür anwandte, wofür die Natur sie bestimmt zu haben schien, für die Bühne.

Eine kurze Bemerkung noch, und ich halte meinen Leser nicht länger auf. Obwohl die Machinerie Erfindung ist, und die Nahmen der handelnden Personen erdacht, so kann ich doch nicht umhin zu glauben, die Hauptvorfälle der Geschichte gründen sich auf etwas wahres. Die Scene selbst ist zweifelsohne aus einer wirklichen Burg entlehnt. Unwillkührlich entwischt dem Schriftsteller, hie und da, ein Umstand in seiner Beschreibung, der auf etwas hindeutet, was er sah. Die Kammer rechter Hand; die Thür linker Hand; die Entfernung von der Capelle bis zu Corrado's Zimmer: diese und ähnliche Stellen, erwecken eine starke Vermuthung, daß der Schreiber irgend ein Gebäude vor Augen hatte.

Wißbegierige Gelehrte, die zu einer solchen Untersuchung Muße genug besitzen, entdecken vielleicht, in italiänischen Schriftstellern, den Grund auf welchem unser Autor baute. Kann man glauben, daß eine wirkliche Begebenheit dieses Werkchen veranlaßt habe, so wird der Leser desto mehr Theil daran nehmen, und die Geschichte der Burg von Otranto seinem Herzen näher legen.

Wilhelm Marshal.

Vorrede der zweyten Ausgabe.

Die geneigte Aufnahme, deren die Lesewelt diese kleine Erzählung würdigte, fodert den Dichter auf, die Grundsätze zu erklären, nach welchen er sie verfertigte. Doch ehe er sich darüber einläßt, schickt es sich wohl, daß er seine Leser um Verzeihung bitte, in der erborgten Gestalt eines Uebersetzers vor ihnen aufgetreten zu seyn. Nur Mistrauen in seine eigenen Kräfte, und die Neuheit des Versuchs, konnten ihn zu dieser Verkleidung bereden; darum schmeichelt er sich, daß man ihn entschuldigen werde. Er überließ seine Arbeit, dem unpartheyischen Urtheile des Publikums; entschlossen sie in Dunkelheit umkommen zu lassen, wenn man sie verwürfe; und nicht gesonnen, eine solche Kleinigkeit anzuerkennen, wenn nicht bessere Richter dahin urtheilten, daß er sich dazu gestehen dürfe, ohne zu erröthen.

Sein Versuch ging dahin, beyderley Romanengattungen zu vereinigen, die alte und die neue. In jener war alles Einbildung und Unwahrscheinlichkeit: in dieser soll nichts nachgeahmt werden als die Natur, und das geschieht zuweilen mit Glück.

Es fehlt ihr nicht an Erfindung, aber durch strenge Anhänglichkeit an das gewöhnliche Leben, versiegen die großen Quellen der Phantasie. Wenn auf diese Art die Einbildungskraft eingezwängt wird, so rächt sich freilich die Natur, blos nach dem Maasstabe des gegenseitigen Verfahrens; denn von den alten Romanen war sie ganz ausgeschlossen. Die Handlungen, Empfindungen und Aeusserungen, der Helden und Heldinnen der Vorwelt, waren eben so unnatürlich, als die Triebfedern, die sie in Bewegung setzten.

Der Schreiber folgender Blätter hielt es für möglich, beide Gattungen miteinander auszusöhnen. Er wünschte der Macht der Einbildungskraft allen Spielraum zu geben, das unbegränzte Reich der Phantasie zu durchstreifen, und dadurch anziehende Situationen zu bewirken; und es lag ihm daran, die Sterblichen die in seinem Schauspiel auftreten, nach den Regeln der Wahrscheinlichkeit handeln zu lassen: so daß sie, mit einem Worte, dächten, thäten und sprächen, wie man voraus setzen kann, daß bloße Männer und Weiber in einer außerordentlichen Lage thun würden. Er bemerkte daß alle Schriftsteller aus göttlicher Eingebung, ihre Menschen, die unter dem Einfluß der Wunderwerke stehn, und Zeugen der erstaunlichsten Erscheinungen sind, nie aus der menschlichen Natur heraustreten lassen: dahingegen die Romanenschreiber, eine unwahrscheinliche Begebenheit stets mit einem ungereimten Gespräch begleiten. Verlieren die Gesetze der Natur das Gleichgewicht, so verlieren ihre Personen, wie es scheint, augenblicklich den Verstand. Das Publikum hat dem Versuch seinen Beyfall gegeben, daher darf der Autor nicht sagen, daß er seinem Unternehmen ganz und gar nicht gewachsen war. Bricht aber der neue Weg, den er einschlug, Männern von glänzenderen Talenten eine Bahn, so gesteht er gern und bescheiden, wie sehr er fühlt, daß ein solcher Plan weit schöner ausgeführt werden könne, als seine Einbildungskraft und Behandlung der Leidenschaften ihm zu thun erlaubten.

Der Art, wie die Bedienten geschildert sind, ist bereits in der ersten Vorrede erwähnt, doch erlaubt man vielleicht, hier noch ein Paar Worte darüber hinzuzufügen. Die Einfältigkeit ihres Benehmens, die fast zum Lachen bewegt, und obenhin betrachtet, mit dem ernsten Ton des Werkes in keinem Einklang zu stehen scheint, hielt ich nicht nur nicht für unschicklich, sondern ward von mir absichtlich so dargestellt. Darin war die Natur meine Richtschnur. Wie ernsthaft, wichtig, sogar schwermüthig die Gefühle der Fürsten und Helden auch seyn mögen, ihren Bedienten prägen sie die nemlichen Empfindungen nicht ein; wenigstens drücken die letzteren ihre Gesinnungen nicht in gleich erhabener Sprache aus, oder sollten sie doch so nicht ausdrücken. Ich bin des unterthänigen Dafürhaltens, daß der Abstand zwischen der Erhabenheit der ersten, und der Naivetät der letztern, ein stärkeres Licht auf die Leiden jener werfe.

Fühlt der Leser sich ungeduldig, wenn ihn die niedern Scherze gemeiner Schauspieler verhindern, zur Kenntniß der wichtigen Entwickelung zu gelangen, welcher er entgegen sieht: so vermehrt das vielleicht seine Theilnahme, und beweist sicherlich, es sey der Kunst gelungen, ihn für die obwaltende Begebenheit einzunehmen. Aber ich hatte für diese Behandlungsart einen sicherern Gewährsmann, als meine Meinung. Shakespeare, dieser große Meister der Natur, war das Muster, dem ich nachahmte. Würden, frag' ich, seine Trauerspiele, Hamlet und Julius Cäsar, nicht einen beträchtlichen Theil ihres Geistes und ihrer wunderbaren Schönheiten verlieren, wenn man die Einfälle der Todtengräber, Polonius Narrheiten, und den Pöbelwitz der römischen Bürger, daraus verbannte, oder in Heldenton verkehrte? Wird die Beredsamkeit des Antonius, und die edlere, absichtlich minder gesuchte Sprache des Brutus, durch das rohe Geschrei der Natur aus dem Munde ihrer Hörer, nicht mit weiser Kunst erhöht? Diese Meisterzüge erinnern an den griechischen Steinschneider, welcher, um in dem engern Umkreise eines Siegels den Begrif eines Riesen auszudrücken, einen kleinen Knaben neben ihm stellte, der seinen Daumen mißt.

Nein, sagt Voltaire in seiner Ausgabe des Corneille, diese Vermischung des Grotesken und Feyerlichen ist unerträglich. Voltaire ist ein Genie, aber an Shakespeare's Größe reicht er nicht1. Ohne Schiedsrichter aufzurufen, gegen die sich etwas einwenden ließe, wende ich mich von Voltaire an ihn selbst. Ich leiste Verzicht, auf seine vormaligen Lobreden zu Ehren des mächtigen Dichters; wiewohl der französische Kunstrichter einen Monolog Hamlets zweymal übersetzt hat; vor vielen Jahren in seiner Bewunderung, und neuerlich um darüber zu spotten; es thut mir nur leid zu finden, daß seine Urtheilskraft schwächer geworden sey, da sie hätte sollen reifer werden. Ich bediene mich blos seiner eigenen Worte, über die dramatische Behandlung an sich selbst betrachtet, wobey er nicht daran dachte, Shakespeare's Manier zu empfehlen oder herunterzusetzen: folglich wo Voltaire unpartheyisch war. Die Vorrede zu seinem verlornen Sohn (*enfant prodigue,*) einem treflichen Stücke, für welches ich meine Bewunderung an den Tag lege, und das, sollte ich noch zwanzig Jahr länger leben, ich hoffentlich nie unternehmen werde lächerlich zu machen, drückt sich folgender Gestalt über das Lustspiel aus: (und hätte vom Trauerspiele das nämliche sagen können, wenn anders Trauerspiel ist, was es sicherlich seyn soll, ein Gemälde des menschlichen Lebens; noch vermag ich zu begreifen, warum gelegentlicher Scherz von der tragischen Bühne mehr verbannt seyn sollte, als rührender Ernst von der comischen? »Man sieht darin eine Vermischung von Ernst und Scherz, von Lachen und Thränen; oft bringt die nemliche Begebenheit so entgegenstehende Empfindungen hervor. Nichts findet man so häufig, als ein Haus, worin der Vater schmält, die Tochter von einer Leidenschaft hingerissen weint, der Sohn beyde verlacht, und einige Verwandten verschiedenen Antheil an dem nehmen was vorgeht. Wir schließen daraus nicht, daß ein jedes Lustspiel niedrig komische und rührende Auftritte in sich vereinigen müsse: es giebt gute Stücke die blos lustig sind; einige ganz ernsthaft; einige abwechselnd; einige welche die Rührung bis zu Thränen treiben: man muß keine Gattung verwerfen; und fragt man mich, welcher Gattung ich den Vorzug gebe, so antworte ich, der, die am besten behandelt wird.« Wahrlich, darf ein Lustspiel ganz ernsthaft seyn, so mag man auch dem Trauerspiele ein bescheidentliches Lächeln erlauben. Wer hat ihm darüber vorzuschreiben? Soll der Kunstrichter, der aus Selbstvertheidigung keine Gattung des Lustspiels verwerfen lassen will, Shakespeare'n Gesetze geben?

Wohl weiß ich, daß Herr von Voltaire die Vorrede, woraus ich diese Stellen anführe, nicht sich sondern dem Herausgeber zuschreibt. Wer aber zweifelt, daß Herausgeber und Dichter eine Person sind? oder wer ist der Herausgeber, der sich so glücklich der Sprache und der glänzenden Ueberredungskraft seines Dichters bemeistert? Unstreitig waren diese Aeusserungen eigenthümliche Meinung des Schriftstellers. In dem Briefe an Maffei, welcher seiner Merope zur Vorrede dient, behauptet er die nemlichen Sätze, obwohl, wie es mir vorkommt, mit einigem Zusatz von Ironie. Ich will seine Worte wiederholen, und dann der Ursache erwähnen, warum ich sie anführe. Voltaire übersetzt eine Stelle aus Maffei's Merope, und fügt hinzu: »das ist alles sehr natürlich; jeder Zug ist den Personen die Sie auf die Bühne bringen, angemessen, so wie den Sitten, die Sie ihnen geben. Man würde, glaub' ich, diese ungezwungene Vertraulichkeit in Athen gut aufgenommen haben; aber Paris und unser Parterre verlangen eine andere Art von Einfalt.« Ich zweifle, sag' ich, ob nicht ein Gran von Spott unter dieser und ähnlichen Stellen dieses Briefes verborgen liegt; doch verliert die Macht der Wahrheit nicht durch einen Anstrich des

Lächerlichen. Maffei sollte eine griechische Geschichte darstellen: sicherlich waren die Athener nicht weniger gültige Richter über griechische Sitten und die Wahrheit ihrer Schilderung, als das Pariser Parterre. Gerade das Gegentheil, sagt Voltaire, und ich muß seine Gründe bewundern: Athen hatte nur zehntausend Bürger, und Paris hat beynahe achtmalhunderttausend Einwohner, worunter man dreißigtausend Schauspielrichter annehmen kann. Wirklich? Ich will diesen zahlreichen Gerichtshof zugeben; aber selbst alsdann glaub' ich, ist dies der einzige Fall, in welchem man jemals behauptet hat: dreißigtausend Personen, die beinahe zweitausend Jahr später leben als die Zeit von der die Rede ist, wären, blos in Rücksicht auf ihre Anzahl, für bessere Richter zu erklären, als die Griechen selbst, wenn es auf Wahrheit der Sitten eines Trauerspiels ankommt, das aus griechischer Geschichte genommen ist.

Ich will mich in keine Untersuchung einlassen, welch eine Art von Einfalt die seyn mag, die das Pariser Parterre verlangt, noch in welche Fesseln die dreißigtausend Richter ihre Dichtkunst geschlagen haben; deren hauptsächlichstes Verdienst darin besteht, wie ich aus wiederholten Stellen des neuen Commentators über Corneille mir zusammenlese, trotz dieser Ketten zu springen; ein Verdienst, dessen Annahme die Dichtkunst von den Höhen gewaltiger Einbildungskraft, auf kindische und höchstverächtliche Arbeit, auf *nugae difficiles* einschränkt. Doch kann ich nicht umhin, ein Paar Alexandriner anzuführen, die meinen barbarischen Ohren, immer die platteste und höchst kleinlichste Probe ängstlicher Umständlichkeit schienen; die aber Voltaire, der neun Zehntheile von Corneille's Werken so strenge richtet, im Racine heraushebt, um sie zu vertheidigen;

De son appartement cette porte est prochaine
et cette autre conduit dans celui de la reine.

oder:

Zu seinem Schlafgemach führt diese Thüre hin,
Die andre aber bringt dich zu der Königin.

Unglücklicher Shakespeare! hättest du deinen Rosenkranz seinem Gevatter Güldenstern den Grundriß des Pallastes zu Copenhagen vorerzählen lassen, anstatt eine lehrreiche Unterhaltung des Fürsten von Dännemark mit dem Todtengräber auszustellen, so wäre das erleuchtete Pariser Parterre zum zweitenmal belehrt worden, deinen Vorzügen zu huldigen.

Das Resultat alles dessen, was ich gesagt habe, ist, mein eignes Wagstück unter das Geschütz des grösten Genies zurükzuziehen, das wenigstens mein Vaterland hervorbrachte. Ich hätte anführen können, mir als dem Schöpfer einer neuen Romanengattung stehe frey, welche Regeln ich für ihre Behandlung annehmen wolle: aber ich bin viel stolzer, ein so meisterhaftes Muster, wenn gleich nur schwach und dürftig, und in gröster Ferne, nachgeahmt zu haben, als des ganzen Verdienstes der Erfindung zu genießen; da ich meinem Werk nicht eben so wohl den Stempel des Genies, als der Originalität aufdrücken kann. Wie es ist, hat ihm das Publicum Ehre genug erwiesen, welchen Rang ihm auch seine Stimme anweisen mag.

Horaz Walpole.

Folgende Bemerkung gehört nicht hieher, aber man wird sie einem Engländer verzeihen, der gern glauben mögte: daß der harte Tadel eines so meisterhaften Schriftstellers, als Voltaire, gegen den unsterblichen Britten, vielmehr Aufwallung des Witzes und der Uebereilung sey, als Resultat eines überlegten Urtheils. Vielleicht war des Kunstrichters Bekanntschaft mit der Stärke und Gewalt einer fremden Sprache, eben so unsicher und unzulänglich, als mit der Geschichte jenes Landes? Gegen die letztere hat er schreyend verstossen. In der Vorrede zu Thomas Corneille's Grafen von Essex, gesteht Herr von Voltaire, die historische Wahrheit sey in diesem Stücke gröblich verkehrt. Zu dessen Entschuldigung führt er an, da [1] Corneille geschrieben, habe der französische Adel wenig englische Geschichte gelesen; aber jetzt, sagt der Commentator, jetzt studirt er sie, und würde Entstellungen dieser Art nicht mehr dulden. Doch vergißt er, daß die Zeit der Unwissenheit vorbey sey, und daß es nicht nöthig ist, Leute von dem zu unterrichten was sie wissen; also ertheilt er aus dem Ueberfluß seiner Belesenheit, dem Adel seines Landes, ein Verzeichniß der Günstlinge der Königin Elisabeth, deren erster, sagt er, Robert Dudley war, und der Graf von Leicester der zweyte. Sollte man glauben, es sey nöthig Herrn von Voltaire zu belehren, daß Robert Dudley und der Graf von Leicester nur eine Person sind?

Erster Abschnitt.

Manfred, Fürst von Otranto, hatte einen Sohn und eine Tochter. Diese, ein sehr schönes Fräulein von achtzehn Jahren, hieß Matilde. Corrado, der Sohn, war drey Jahr jünger, übel aussehend, kränklich, und ohne versprechende Anlagen; dennoch der Liebling seines Vaters, der selten Spuren einiger Zuneigung gegen Matilde blicken ließ. Manfred hatte eine Heirath für seinen Sohn mit Isabellen, der Tochter des Markgrafen von Vicenza besprochen; und ihre Vormünder hatten sie bereits in Manfreds Hände abgeliefert, damit er die Hochzeitfeyer vollziehen könne, sobald Corrado's schwacher Gesundheitszustand es erlaubte. Manfreds Hausgenossen und Nachbarn bemerkten seine Ungeduld, die Feyer zu vollziehen. Jene freylich scheuten seine Strenge, und unterstanden sich daher nicht, ihre Muthmaßungen über diese Eilfertigkeit zu äußern. Hippolite, seine Gemahlin, eine liebenswürdige Dame, wagte zuweilen ihm die Gefahr vorzustellen, die mit einer frühen Verheirathung ihres Sohnes, in Rücksicht seiner großen Jugend, und größeren Schwachheit, verbunden wäre. Aber sie erhielt nichts zur Antwort, als Vorwürfe über ihre eigne Unfruchtbarkeit, da sie nur einen Erbherrn gebohren habe. Manfreds Vasallen und Unterthanen nahmen sich in ihren Reden minder in Acht: sie schoben diese hastige Vermählung, auf Rechnung der Furcht ihres Fürsten, eine alte Weissagung erfüllt zu sehn, nach welcher es hieß: die Burg und Herrschaft Otranto, sollten dem Geschlecht ihrer gegenwärtigen Einhaber entwendet werden, wenn dem wirklichen Besitzer seine Behausung zu enge würde. Es war schwer in dieser Weissagung einen Sinn zu finden; und noch schwerer zu begreifen, was sie mit der vorseyenden Vermählung für eine Verbindung habe. Doch blieb das Volk, dieses Räthsels oder Widerspruchs ohngeachtet, nicht minder fest auf seiner Meinung.
Corrado's Geburtstag war zum Trauungsfest bestimmt. Die Gesellschaft befand sich in der Burgcapelle versammelt, und alles zur priesterlichen Einsegnung bereit, als man Corrado selbst vermißte. Manfred konnte keinen Verzug ertragen, er hatte nicht bemerkt daß sein Sohn sich entferne, und sandte einen seiner Begleiter den jungen Fürsten herbeyzurufen. Der Bediente blieb nicht so lange weg, als er Zeit bedurfte über den Hof nach Corrado's Zimmern zu gehn, sondern

lief athemlos zurück, und sah aus wie ein Wahnwitziger, seine Augen starrten, Schaum stand vor seinen Lippen. Er sprach kein Wort, und zeigte auf den Hof. Die Gesellschaft ergrif Schauder und Entsetzen. Die Fürstin Hippolite wuste nicht was vorgefallen seyn konnte, aber aus Angst um ihren Sohn fiel sie in Ohnmacht. Manfred, minder besorgt, als aufgebracht über die Verzögerung der Trauung, und die Albernheit seines Bedienten, fragte gebieterisch, was es gäbe? Der Bursch antwortete nicht, sondern fuhr fort nach dem Hofraum hinzudeuten; und rief endlich, nachdem er sich zu wiederholtenmalen fragen lassen: O weh! der Helm! der Helm! Unterdessen waren schon einige der Gesellschaft in den Hof gelaufen, woher man ein verwirrtes Getöse von Schrecken, Abscheu und Entsetzen vernahm. Endlich ward Manfred bestürzt als sein Sohn nicht erschien, und ging selbst, um der Ursache dieser seltsamen Verwirrung nachzuforschen. Matilde blieb zum Beystand ihrer Mutter, und Isabelle leistete ihr darin Gesellschaft, die ohnedem keine Ungeduld nach einem Bräutigam bezeigen wollte, für den sie in der That wenig Neigung besaß.

Was Manfreds Augen zuerst auffiel, war ein Kreis seiner Bedienten, die etwas in die Höhe zu heben sich bemühten, das einem Berge schwarzer Federn ähnlich sah. Er staunte und traute seinem Gesicht nicht. Was treibt ihr da? rief Manfred wütend: wo ist mein Sohn? Ein Chor von Stimmen antwortete: O, gnädigster Herr! der Prinz! der Prinz! der Helm! der Helm! Ihn erschütterten die Klagetone, die Furcht unbekannter Dinge überfiel ihn, er trat hastig hinzu – was erblickten die Augen des Vaters? – er sah sein Kind zerschmettert, begraben gleichsam, unter einem ungeheuren Helm, hundertmal größer als irgend eine Sturmhaube die je für einen Sterblichen geschmiedet ward, und von einem verhältnißmäßig großen Busch schwarzer Federn beschattet.

Dieser grauenvolle Anblick, die Unwissenheit aller Umstehenden auf was Art sich der Unfall ereignet habe, und über alles, die furchtbare Erscheinung vor ihm, benahmen dem Fürsten die Sprache. Doch schwieg er länger, als selbst der Kummer schweigen kann. Seine Augen starrten auf das hin, was er vergebens wünschte für ein Gesicht halten zu können; und er schien minder empfindlich gegen seinen Verlust, als in Betrachtung verlohren, über den erstaunenswürdigen Gegenstand der ihn veranlaßte.

Er berührte, untersuchte, den unglückbringenden Helm; selbst die blutenden zerstückelten Ueberreste des jungen Prinzen, konnten Manfreds Blicke von diesem Schreckenswunder nicht abziehn. Wer seine partheyische Zärtlichkeit für den jungen Corrado gekannt hatte, war eben so verwundert über die Unempfindlichkeit des Fürsten, als betroffen über das Zeichen des Helms. Man trug den entstellten Leichnam in die Halle, ohne darüber im geringsten Manfreds Befehl zu erhalten. Eben so wenig achtete er seiner Gemahlin und Tochter, die in der Capelle zurück blieben. Die ersten Worte aus seinem Munde waren: Sorgt für Fräulein Isabelle!

Den Bedienten fiel dieser sonderbare Befehl nicht auf. Liebe zu ihrer Herrschaft ließ sie annehmen, daß von ihr allein die Rede seyn könne: sie eilten zu ihrem Beystand. Man brachte sie in ihr Schlafzimmer mehr todt als lebendig, und gleichgültig gegen alles seltsame das man ihr hinterbrachte, ausgenommen gegen den Verlust ihres Sohnes. Matilde, kindlicher Zärtlichkeit voll, erstickte eignen Schmerz und Entsetzen, und dachte nur darauf ihre betrübte Mutter aufzurichten und zu trösten. Isabelle, die wie eine Tochter von Hippoliten behandelt war, und diese Zuneigung mit gleicher Erkenntlichkeit und Liebe erwiederte, war kaum weniger thätig um die Fürstin; und suchte zu gleicher Zeit das Gewicht des Grams mit zu tragen und zu vermindern, das ihre Matilde zu unterdrücken strebte, für welche sie das wärmste Mitgefühl der Freundschaft empfand. Doch konnte sie gleichfalls nicht umhin an ihre eigene Lage zu denken. Corrado's Tod that ihr weiter nicht leid, als weil er schmerzlich war; und es durfte ihr nicht unangenehm seyn, einer Heyrath entbunden zu werden, die ihr wenig Glückseligkeit versprach, sowohl in Ansehung des Mannes den man ihr bestimmte, als in Rücksicht auf Manfreds strenge Stimmung, der trotz der großen Nachsicht, wodurch er sie auszeichnete, ihre Seele mit Schrecken erfüllte, indem er ohne Veranlassung gegen so liebenswürdige Fürstinnen, als Hippolite und Mathilde, hart war.

Während die Damen der unglücklichen Mutter zu Bette halfen, blieb Manfred im Hofe, betrachtete unverwand den Verderben, verkündenden Helm, und kehrte sich nicht an die Menge, welche dieser seltsame Vorfall nach und nach um ihn versammelt hatte. Nur von Zeit zu Zeit fragte er mit kurzen Worten: ob niemand wisse, woher der Helm gekommen seyn möge? Niemand konnte darüber die geringste Auskunft geben. Da dies aber der einzige Gegenstand seiner Neugierde schien, so ahmten ihm die übrigen Zuschauer bald darin nach, deren Vermuthungen eben so ungereimt und unwahrscheinlich waren, als beyspiellos der Vorgang selbst. Mitten unter ihrem unvernünftigen Rathen, bemerkte ein junger Bauer aus einem benachbarten Dorf, den der Lärmen herbeygelockt hatte, der wunderbare Helm sehe dem außerordentlich ähnlich, welchen die schwarze marmorne Bildsäule ihres hochseligen Fürsten Alfonso des Guten, in der San Nicola Kirche trage. Bube! was sagst du? rief Manfred, der aus seiner Betäubung zu stürmischer Wuth erwachte, und den jungen Mann bey dem Kragen packte; wie darfst du solchen Hochverrath aussprechen? dein Leben büße dafür! Die Zuschauer begriffen den Grimm des Fürsten eben so wenig als alles was sie sonst gesehen hatten, und wusten sich diesen neuen Umstand nicht zu enträthseln. Noch betroffener war der junge Bauer, der gar nicht einsah, wie er den Fürsten beleidigt habe. Doch faßte er sich, entzog, ohne Anstand oder Unterwürfigkeit zu verletzen, seinen Hals dem Griffe Manfred's, beugte seine Knie vor ihm, und fragte ehrfurchtsvoll, aber freylich mehr im Gefühl der Unschuld als niedergeschlagen: worin er schuldig sey? Manfred, mehr aufgebracht über die Stärke, wie schonend sie auch gebraucht ward, womit der Jüngling sich seiner Hand entledigt hatte, als versöhnt durch seine Demuth, befahl seinen Dienern ihn anzuhalten, und würde ihn in ihren Armen erstochen haben, hätten die Freunde, die er zum Hochzeitmale eingeladen, ihn nicht zurückgehalten.

Während dieses Wortwechsels, rannten einige der gemeinen Zuschauer in die große Kirche, die der Burg nahe stand, und kamen mit aufgesperrten Mäulern zurück, zu melden, Alfonso's Bildsäule habe ihren Helm verlohren. Manfred gerieth bey dieser Nachricht vollends außer sich; und, als sucht' er einen Gegenstand an welchem er den Sturm in seiner Brust auslassen könnte, stürzt' er von neuem auf den jungen Landmann zu, und rief: Sclave! Ungeheuer! Zauberer! du hast dies gethan! du hast meinen Sohn erschlagen! Dem Pöbel fehlte lange ein Vorwurf, dem Maas seiner Fähigkeiten angemessen, um seine in der Irre laufenden Gedanken daran fest zu halten, er schnappte das Wort aus dem Munde seines Herrn, und hallte wieder: Ja! ja! er ist es, er ist es! Er hat den Helm vom Denkmal des guten Alfonso gestohlen und unsers jungen Prinzen Gehirn damit zerschmettert! Daran dachten sie nicht, welch ein ungeheurer Unterschied sey, zwischen dem Marmorhelm der in der Kirche gewesen war, und dem stählernen vor ihren Augen; auch wie unmöglich es sey, daß ein Jüngling, dem man noch nicht zwanzig Jahre ansah, ein Rüststück von so erstaunlichem Gewicht handhaben können.

Die Albernheit dieser Ausrufungen brachte Manfred wieder zu sich. Doch verdroß es ihn, daß der Bauer der Aehnlichkeit beyder Helme erwähnt, und dadurch Gelegenheit gegeben habe, die Abwesenheit des kirchlichen zu bemerken; vielleicht wünschte er auch, jedes Gerücht davon unter eine so ungereimte Vermuthung zu begraben; also sprach er das ernste Urtheil: der junge Mann sey gewiß ein Schwarzkünstler, und bis die Kirche von der Sache Kundschaft nehmen könne, wolle er den Zauberer, der sich so verrathen habe, unter dem Helme selbst gefangen halten. Diesen ließ er daher von seinen Dienern empor heben und den Jüngling darunter stecken; mit der Erklärung: man solle ihm dort keine Nahrung reichen, damit möge seine eigne höllische Kunst ihn versehen. Vergeblich machte der Jüngling Vorstellungen, gegen diesen Richterspruch ohne Untersuchung, vergeblich suchten Manfreds Freunde ihn von diesem wunderlichen und ungegründeten Entschluß abzuziehn. Der große Hause war entzückt über die Entscheidung seines Gebieters. Seiner Meinung nach war sie in hohem Grade gerecht, sie strafte ja den Zauberer durch das nemliche Werkzeug, womit er gesündigt hatte. Auch empfand er nicht das geringste Beyleid, durch den Gedanken an die Möglichkeit, daß der Jüngling verhungern könne, denn er glaubte festiglich, den werde seine teuflische Geschicklichkeit gar leichtlich mit Nahrung versorgen. Dergestalt sah Manfred seine Befehle freudig befolgt; bestellte eine Wache, mit gemeßnem Befehl, dem Gefangenen keine Lebensmittel zukommen zu lassen; entließ seine Freunde und Diener, und ging auf sein Zimmer, nachdem er die Thore der Burg verschlossen, worin er nur seinen Hausgenossen zu bleiben verstattete.

Unterdessen hatten die Sorgfalt und der Eifer der jungen Damen die Fürstin Hippolite wieder zu sich gebracht, die mitten in der Heftigkeit ihres eignen Schmerzes oft Nachricht von ihrem Gemahl zu haben verlangte, ihr Gefolge gern verlassen hätte um über ihn zu wachen, und endlich Matilden gebot sie zu verlassen, um ihren Vater zu besuchen und zu trösten. Matilde, der es an liebevoller Ergebenheit gegen ihren Vater nie gebrach, obwohl sie vor seinem rauhen Wesen zitterte, gehorchte den Befehlen Hippolitens, die sie ihrer Freundin mit Thränen empfahl.

Sie fragte die Bedienten nach ihrem Vater, und erfuhr, er sey auf sein Zimmer gegangen, woselbst er verboten habe irgend jemanden vor ihm zu lassen. Sie schloß, er sey im Gram über den Tod ihres Bruders verlohren, und fürchtete seine Thränen mögten sich bey dem Anblick des einzigen ihm übrig gebliebenen Kindes erneuern, darum stand sie an, ob sie sich zu seiner Betrübnis drängen solle; doch ihre Besorgniß für ihn, und die Zuversicht auf die Befehle ihrer Mutter, gaben ihr den Muth seinem Gebot nicht zu gehorchen. Diesen Fehler beging sie zum erstenmal. Die zarte Schüchternheit ihrer Seele verweilte sie einige Minuten an seiner Thüre. Sie hörte ihn in unregelmäßigen Schritten das Zimmer auf und abgehen; dieser Unmuth vermehrte ihre Bedenklichkeit. Dennoch war sie eben im Begrif um Zulassung zu bitten, als Manfred plötzlich die Thür aufriß, und, da es Dämmerung war, die zu der Verwirrung seines Gemüths hinzukam, die Person nicht gleich erkannte, sondern zornig fragte: wer ist da? Matilde antwortete zitternd: Mein theurer Vater, ich bin es, Ihre Tochter. Manfred trat hastig zurück, und rief: Geh, ich bedarf keiner Tochter! und damit wandte er sich um, und warf die Thür vor der erschrockenen Matilde zu.

Sie kannte ihres Vaters Heftigkeit zu gut, um eine zweyte Unterbrechung zu wagen. Als sie sich von der Erschütterung über eine so bittere Aufnahme ein wenig erholt hatte, wischte sie ihre Zähren weg, um der Wunde zuvorzukommen, welche die Wahrnehmung derselben dem Schmerz Hippolitens hätte hinzufügen müssen, die sich sehr ängstlich nach Manfreds Gesundheit erkundigte, und wie er seinen Verlust ertrüge? Matilde versicherte sie: er sey wohl, und fasse sich in sein Unglück mit männlicher Stärke. Will er sich mir denn nicht zeigen? sprach Hippolite traurend. Will er mir nicht erlauben, meine Thränen mit den seinigen zu vermischen, und den Gram einer Mutter in den Busen des Gatten aufnehmen? Oder hintergeht mich Matilde? Ich weiß wie Manfred an seinem Sohne hieng. Ist der Streich zu schwer für ihn? ist er darunter erlegen? du antwortest mir nicht? Ach, ich fürchte das schlimmste! richtet mich auf, Kinder, ich will, ich will zu meinem Gemahl, bringt mich gleich zu ihm. Er ist mir theurer als alles! Matilde winkte Isabellen, Hippolitens Aufstehen zu verhindern; und beyde liebliche Mädchen boten jede sanfte Gewalt auf, die Fürstin zurück zu halten und zu beruhigen, als ein Diener Manfreds hereintrat, Isabellen kund zu thun, sein Herr begehre mit ihr zu reden.

Mit mir! rief Isabelle. Gehen Sie, sagte Hippolite, für welche eine Botschaft von ihrem Gemahl wohlthätig war: Manfred kann den Anblick seiner eignen Familie nicht ertragen. Er traut Ihnen mehr Fassung zu als uns, und fürchtet den Ausbruch meiner Schmerzen. Trösten Sie ihn, theure Isabelle, und sagen Sie ihm; ich wolle lieber meinen Gram unterdrücken, als den seinigen vermehren.

Da es jetzt Abend war, trug der Bediente, der Isabellen berief, eine Fackel vor ihr her. Als sie zu Manfred kamen, der ungeduldig in der Gallerie umher ging, stutzte er und sprach hastig: Nimm das Licht mit dir und geh! darauf zog er die Thür heftig zu, warf sich auf eine Bank an der Wand, und bat Isabellen, sich neben ihm zu setzen. Sie gehorchte zitternd. Ich schickte zu Ihnen, sprach er – und darauf schwieg er, und schien sehr verwirrt. Gnädiger Herr! – Ja, ich schickte zu Ihnen, wegen einer wichtigen Angelegenheit, fing er wieder an, – trocknen Sie Ihre Zähren, liebenswürdiges Fräulein, – Sie haben Ihren Bräutigam verloren, – grausames Schicksal! und ich die Hofnung meines Stammes! aber Corrado war Ihrer Schönheit nicht wehrt – Wie, gnädiger Herr? sagte Isabelle; können Sie mich in Verdacht haben, unempfindlich zu seyn? Nie würd' ich meiner Pflicht und Liebe so vergessen. – Denken Sie nicht mehr an ihn, unterbrach sie Manfred, er war ein kränklicher, schwächlicher Knabe, den mir der Himmel vielleicht genommen hat, damit ich die Ehre meines Hauses auf so zerbrechlichen Grund nicht bauen möge. Manfreds Geschlecht erfordert zahlreiche Sprossen. Meine thörichte Zärtlichkeit für den Knaben hat die Augen meiner Klugheit geblendet – aber jetzt ist alles besser. In wenig Jahren hoff' ich Ursache zu haben, mich über den Tod Corrado's zu freuen.

Worte schildern Isabellens Erstaunen nicht. Anfangs fürchtete sie, der Gram habe Manfreds Verstand zerrüttet. Ihr nächster Gedanke war, diese seltsame Rede habe zur Absicht, ihr eine Schlinge zu legen; sie fürchtete, Manfred habe ihre Gleichgültigkeit gegen seinen Sohn bemerkt; und in dieser Voraussetzung erwiederte sie: gnädiger Herr, seyn Sie so gütig, keine Zweifel in meine Gefühle zu setzen; ich hätte meine Hand nicht ohne mein Herz vergeben. Corrado würde meine ganze Zuneigung besessen haben; und wohin mich auch mein Schicksal trägt, da werd' ich immer sein Gedächtnis theuer halten, und Ihre Hoheit und die würdige Fürstin Hippolite, als meine Eltern verehren.

Verflucht sey Hippolite! rief Manfred, vergessen Sie ihrer mit mir von diesem Augenblick an. Kurz, Fräulein, Sie haben einen Gemahl verlohren der Ihrer Reize nicht wehrt war: jetzt sollen sie einen bessern Besitzer finden. Statt eines siechen Knaben, erhalten Sie einen Mann in der Fülle seiner Kraft, der Ihre Schönheit zu schätzen weiß, und Ihnen eine zahlreiche Nachkommenschaft gewähren wird. Ach! gnädigster Herr, sagte Isabelle, das Unglück welches Ihrer Familie zugestoßen ist, beschäftigt meine Seele mit so traurigen Vorstellungen, daß ich an keine andere Heyrath denke. Kommt mein Vater jemals zurück, so werde ich mich in seinen Willen fügen, wie ich that, da ich meinen Willen darin gab, Ihren Sohn zu ehelichen. Bis zu seiner Rückkehr aber, erlauben Sie mir unter Ihrem gastfreyen Dache zu verweilen, und meine trübe Stunden damit zuzubringen, daß ich Ihren Kummer, Hippolitens und Matildens zu lindern suche.

Ich bat Sie schon einmal, sagte Manfred unruhig, daß Sie den Namen dieser Person nicht aussprechen mögten: sie muß Ihnen von dieser Stunde an so fremd werden als mir; – Kurz, Isabelle, da ich Ihnen meinen Sohn nicht geben kann, so biete ich mich an seine Stelle. – Himmel! rief Isabelle, die aus ihrem Irrthum erwachte, was hör' ich? Sie, gnädiger Herr? Sie? mein Schwiegervater! Corrado's Vater! der zärtlichen liebevollen Hippolite Gemahl! – Ich sage Ihnen, erwiederte Manfred herrisch, Hippolite ist nicht länger meine Gattin; ich scheide mich in dieser Stunde von ihr: zu lange trage ich den Fluch ihrer Unfruchtbarkeit, mein Schicksal hängt von männlicher Nachkommenschaft ab, – und diese Nacht eröfnet, ob Gott will! meinen Hofnungen eine neue Aussicht; bey diesen Worten ergrif er Isabellens kalte Hand. Sie war halbtod vor Schrecken und Abscheu, sie schrie auf und fuhr zurück. Manfred erhob sich sie zu verfolgen, als der Mond der jetzt aufgegangen war, und durch das entgegenstehende Fenstergeschoß fiel, seinem Anblick die Federn des unglücksweissagenden Helms zeigte, die sich zu der Höhe der Fenster erhoben, und wie im Sturm, vorwärts und rückwärts schwankten; ein holer rasselnder Ton begleitete sie. Isabelle schöpfte Muth aus ihrer Lage, und scheute nichts so sehr, als daß Manfred in seiner Erklärung fortfahren mögte. Sehn Sie, gnädiger Herr! rief sie; bemerken Sie, daß selbst der Himmel Ihren sündigen Absichten widerspricht! – Himmel und Hölle sollen meinem Vorsatz nicht einhalten, sprach Manfred, und nahte sich aufs neue der Prinzessin, sie zu ergreifen.

In dem Augenblick erseufzte das Bildniß seines Großvaters, das über der Bank hing, wo sie gesessen hatten, aus tiefer Brust. Isabelle, die dem Gemälde den Rücken zukehrte, sah die Bewegung nicht, noch wuste sie von wannen dieser Laut kame, aber sie fuhr zusammen und sprach: hören Sie, gnädiger Herr? welch ein Laut ist das? zu gleicher Zeit ging sie auf die Thür zu. Manfred, getheilt zwischen dem Vorsatz Isabellens Entweichung zu verhindern, die jetzt bis an die Treppe gekommen war, und der Unmöglichkeit, seine Augen von dem Gemälde abzuwenden, das sich zu bewegen anfing, war ihr dennoch einige Schritte gefolgt, mit beständigem Rückblick auf das Bildniß, als er es seinen Rahmen verlassen sah, und ernst und schwermüthig zum Boden herabsteigen. Träum' ich? rief Manfred zurückkehrend; oder sind die Teufel selbst gegen mich verbunden? Rede, Gespenst der Hölle! oder bist du mein Ahnherr, warum verschwörst auch du dich, gegen deinen unglücklichen Abkömmling, der zu theuer büßt was – Ehe er seine Rede endigen konnte, seufzte die Erscheinung von neuem, und winkte Manfred ihr zu folgen. Voran! rief Manfred, ich folge dir in den Abgrund der Verdammniß! Das Gespenst ging langsam und traurig bis ans Ende des Ganges, in ein Zimmer rechter Hand. Manfred folgte ihm in kleiner Entfernung, voll Bekümmerniß und Abscheu, aber entschlossen. Da er in das Zimmer treten wollte, schlug eine unsichtbare Hand die Thür gewaltsam vor ihm zu. Des Fürsten Muth wuchs durch dieses Hinderniß, er strebte die Thür mit dem Fuß aufzusprengen, aber sie widerstand seinen Kräften. Will die Hölle meine Neugier nicht befriedigen, sprach Manfred, so sollen menschliche Mittel, die in meiner Hand stehen, meinen Stamm erhalten; Isabelle darf mir nicht entgehen.

Des Fräuleins Entschlossenheit wich, sobald sie Manfred verließ, dem Schrecken; sie floh bis an den Fuß der Haupttreppe. – Hier stand sie einen Augen blick still, und wuste nicht wohin sie ihre Schritte wenden solle, oder auf was Art der Gewalthätigkeit des Fürsten entkommen. Die Thore der Burg waren bekanntlich geschlossen, und Wächter im Hofe ausgestellt. Ihr Herz trieb sie zu Hippoliten zu gehen, und sie auf das grausame Schicksal vorzubereiten, das ihrer wartete: ab er dort würde sie Manfred ohne Zweifel suchen, seine Heftigkeit könnte ihn verleiten, das Unrecht, das er vorhatte, zu verdoppeln, und ihnen bliebe kein Raum, den Ausbruch seiner Leidenschaft zu vermeiden. Aufschub hingegen würde ihm Zeit geben, die Abscheulichkeit seiner Entwürfe einzusehen, oder einen günstigen Umstand für Isabellen herbeyführen, wenn sie nur wenigstens diese Nacht seinem verhaßten Vorsatz entzogen würde. Wohin aber sollte sie sich verbergen? wie seiner Nachforschung entrinnen, die sich ohne Zweifel durch die ganze Burg erstrecken würde? Von diesen Gedanken bestürmt, die sich einer den andern jagten, erinnerte sie sich eines unterirrdischen Ganges, der von den Gewölben der Burg zu der San Nicola Kirche führte. Konnte sie den Altar erreichen, ehe man sie einholte, so wuste sie, selbst Manfreds Gewaltthätigkeit werde nicht wagen, eine so heilige Stätte zu entweihen; auch faßte sie den Entschluß, wenn sich kein ander Mittel zu ihrer Befreyung darböte, sich auf immer unter die heiligen Jungfrauen einzusperren, deren Kloster an den Dom stieß. In diesem Vorsatz ergrif sie eine Lampe, die am Fuß der Treppe brannte, und eilte zu dem geheimen Durchgang.

Der untere Theil der Burg war in verschiedene sehr durcheinander laufende Kreuzgänge ausgehölt; und es war nicht leicht, für jemanden der so geängstigt ward, die Thüre zu finden, welche die Höle aufschloß. Eine schauerliche Stille herrschte in diesen unterirrdischen Gegenden. Zuweilen nur erschütterte ein Windstoß die Thüren, durch die sie gekommen war, und das Scharren ihrer rostigen Angeln hallte durch das lange Labyrinth der Finsterniß wieder. Jedes Geräusch erfüllte sie mit neuen Schrecken; und doch fürchtete sie noch viel mehr Manfreds wütende Stimme zu vernehmen, wie er seine Bedienten antriebe, sie zu verfolgen. Sie trat so leise auf als ihre Ungeduld nur erlauben konnte, und doch stand sie oftmals still und horchte, ob man ihr auch folge? In einem dieser Augenblicke kam es ihr vor, sie höre einen Seufzer. Sie schauderte und trat einige Schritte zurück. Gleich darauf schien es ihr, sie vernehme einen Fußtritt. Ihr Blut erstarrte, sie schloß es sey Manfred. Jede Vorstellung, die das Entsetzen eingeben kann, bestürmte ihre Seele. Sie verurtheilte ihre rasche Flucht, die sie seiner Wuth an einem Ort blos gegeben habe, wo ihr Geschrey wahrscheinlich niemandes Beistand herzurufen könne. Doch schien das Geräusch nicht von hintenher zu kommen. Wuste Manfred wo sie war, so muste er ihr gefolgt seyn. Noch war sie in einem der Kreuzgänge, und hatte den Fußtritt zu deutlich gehört, als daß er dort her kommen sollte, wo sie gewesen war. Diese Betrachtung gab ihr Muth. Wer nicht der Fürst war, in dem hofte sie einen Freund zu finden.

Schon wollte sie vorwärts gehen, als eine Thür, die in einiger Entfernung zur linken angelehnt war, leise geöfnet ward: aber bevor ihre Lampe, die sie in die Höhe hielt, ihr entdecken konnte wer sie geöfnet habe, ging der Oefner, bey dem Anblick des Lichtes, schnell zurück.

Jeder Vorfall war hinreichend, Isabellens Muth zu erschüttern. Sie stand an, ob sie weiter gehen sollte. Aber bald überwog jeden andern Schrecken, die Furcht vor Manfred. Selbst der Umstand, daß man sie vermeide, gab ihr eine Art Herzhaftigkeit. Sie schloß daraus, es könne nur jemand seyn, der zur Burg gehöre. Ihre Sanftmuth hatte sie vor aller Feindschaft bewahrt, und das Bewußtseyn ihrer Unschuld ließ sie hoffen, die Diener des Fürsten würden, ohne ausdrücklichen Befehl ihres Herrn, sie zu suchen, ihre Flucht vielmehr befördern als verhindern. Durch diese Betrachtung gestärkt, und in dem Glauben, so weit ihre Bemerkungen reichten, daß sie dem Eingang der unterirrdischen Höle nahe sey, ging sie auf die Thür zu die man geöfnet hatte; aber ein plötzlicher Windstoß fuhr auf sie los, eben da sie hereintreten wollte, löschte ihre Lampe aus, und ließ sie in völliger Finsterniß.

Es ist unmöglich, die entsetzliche Lage der Prinzessin auszudrücken. Allein, an einer so fürchterlichen Säte, ihre Seele belastet mit den schrecklichen Begebenheiten des Tages, entsagend aller Hofnung auf Rettung, jeden Augenblick in Erwartung daß Manfred erscheinen werde, und weit entfernt ruhig zu seyn, bey dem Bewußtseyn einer Nachbarschaft, die sie nicht kannte, die ihre Ursachen haben muste sich dort zu verbergen: alle diese Gedanken, bedrängten ihr aus seiner Fassung gebrachtes Gemüth, sie war nahe daran unter solchen Besorgnissen zu erliegen, da war kein Heiliger des Himmels den sie nicht anrief, dem sie nicht in stillem Herzensgebet sich empfahl. So blieb sie lange Zeit, in der Todesangst der Verzweiflung. Endlich fühlte sie so leise sie konnte nach der Thür, fand sie, und trat zitternd in das Gewölbe, woher sie Seufzer und Fußtritte vernommen hatte. Es gewährte ihr eine Art augenblicklicher Freude, einen gebrochenen Strahl des bewölkten Mondes durch die Decke des Gewölbes schimmern zu sehn, welches von oben eingedrängt schien, und woran noch ein Theil Erde oder Mauerwerk hing; was es war, konnte sie nicht unterscheiden. Hastig trat sie auf diese Oefnung zu, als sie eine menschliche Gestalt an die Mauer gedrückt erblickte.

Sie schrie auf, indem sie glaubte, den Geist ihres Bräutigams Corrado zu gewahren. Die Gestalt näherte sich, und sprach mit unterwürfigem Ton: Erschrecken Sie nicht, Signora, ich will Ihnen nichts zu Leide thun. Isabelle, der des Fremden Worte und Stimme etwas Muth gaben, erinnerte sich, daß er es seyn müsse, der die Thür geöfnet habe, und konnte so viel Sinnen sammeln ihm zu antworten: Wer Sie auch seyn mögen, erbarmen Sie sich einer unglücklichen Fürstin, die am Rande ihres Verderbens steht. Helfen Sie mir, aus dieser verhaßten Burg entrinnen, oder ich mag in wenig Augenblicken verlohren seyn. Weh mir! sagte der Fremde, was kann ich thun das Ihnen helfe? Ich will sterben zu Ihrer Vertheidigung; aber die Burg ist mir unbekannt, und ich weiß – O unterbrach ihn Isabelle hastig, helfen Sie mir nur eine Fallthüre finden, die hier herum liegen muß; das ist der gröste Dienst, den Sie mir erzeigen können, denn ich habe keinen Augenblick zu verlieren. Bey diesen Worten fühlte sie auf dem Boden herum, und wieß den Fremden an, gleichfalls nach einem glatten Stück Kupfer zu suchen, das einem der Steine eingelegt sey. Das, sagte sie, ist das Schloß, welches durch eine Feder aufspringt, deren verborgenen Druck ich kenne. Finden wir das, so mag ich entkommen – wo nicht, gefälliger Fremdling, muß ich befürchten, Sie in mein Unglück eingeflochten zu haben: Manfred wird Sie in Verdacht ziehen, der Mitschuldige meiner Flucht gewesen zu seyn, und Sie fallen, ein Opfer seiner Rache. Ich achte mein Leben nicht, antwortete der Fremdling, und kann mich trösten, daß ich es verliere, wenn es im Versuch geschieht, Sie von seiner Tyranney zu befreyen. Großmüthiger Jüngling, erwiederte Isabelle, bin ich je im Stande – da sie diese Worte aussprach, fiel ein Mondstrahl, durch die Spalte der obern Trümmer, grade auf das Schloß das sie suchten. – O Glück! rief Isabelle, hier ist die Fallthür! Sie berührte seine Feder, die zur Seite sprang, und einen eisernen Ring entdeckte. Heben Sie die Thür auf, sagte die Prinzessin. Der Fremde gehorchte; und unten erschienen einige steinerne Stufen, die in ein ganz dunkles Gewölbe führten. Wir müssen hier hinabsteigen, sprach Isabelle: folgen Sie mir. So finster und unheimlich es aussieht, können wir doch unsers Weges nicht verfehlen; er führt gerade in die Kirche San Nicola. Aber vielleicht, setzte die Prinzessin bescheiden hinzu, haben Sie keine Ursach die Burg zu verlassen? Auch bedarf ich Ihrer Hülfe nicht weiter, in wenig Augenblicken bin ich vor Manfreds Wuth gedeckt – nur lassen Sie mich wissen, wem ich so viele

Verbindlichkeit schuldig bin? Ich will Ihre Hoheit nie verlassen, sagte der Fremde mit Nachdruck, bis ich Sie in Sicherheit sehe; doch halten Sie mich nicht für großmüthiger als ich bin. Sie zwar sind meine vorzüglichste Sorge – Hier ward der Fremde durch ein plötzliches Geräusch von Stimmen unterbrochen, die sich zu nähern schienen, und bald vernahmen sie diese Worte: Schwazt mir nur nicht von Schwarzkünstlern! sie muß in der Burg seyn, sag' ich euch; ich finde sie trotz aller Zauberkraft! –

O Himmel! rief Isabelle, es ist Manfreds Stimme! eilen Sie oder wir sind verlohren! schliessen Sie die Fallthüre hinter sich! So sprach sie, und ging hastig die Treppe hinunter; und da der Fremde ihr folgen wollte, glitt ihm die Thür aus der Hand, fiel nieder, und die Feder sprang zu. Vergeblich suchte er sie zu eröffnen, denn er hatte nicht bemerkt wie Isabelle sie aufgedrückt hatte, auch ließ man ihm nicht lange Zeit Versuche zu machen. Manfred hörte das Getöse der Fallthür, der Ton leitete ihn des Weges, er eilte hinzu, seine Bedienten mit Fackeln um ihn. Das ist sicherlich Isabelle, rief Manfred, ehe er in das Gewölbe trat, sie entwischt durch den unterirrdischen Gang, aber weit kann sie noch nicht gekommen seyn. –

Wie groß war des Fürsten Erstaunen, als statt Isabellens, das Licht der Fackeln ihm den jungen Landmann entdeckte, den er unter dem verwünschten Helm gefangen glaubte. Verräther! sprach Manfred, wie kommst du hieher? ich dachte du wärest oben auf dem Hofe eingesperrt. Ich bin kein Verräther, antwortete kühnlich der junge Mann, und nicht verantwortlich, für das was Ihre Hoheit denken. Unverschämter Sclave! rief Manfred, reizest du meinen Zorn? sprich, wie bist du oben entkommen? du hast deine Wache bestochen, sie büßt mit ihrem Leben dafür. Meine Armuth, antwortete ruhig der Landmann, wird ihre Unschuld beweisen. Die Diener Ihres grausamen Zorns sind Ihnen getreu, und nur zu willig die Befehle zu erfüllen, die Ihre Ungerechtigkeit ihnen auflegt. Bist du so verstockt meiner Rache zu trotzen, sprach der Fürst, so soll die Folterbank dir die Wahrheit abzwingen! Rede, wer sind deine Mitschuldigen? Der ist mitschuldig, antwortete der Jüngling lächelnd, und wieß auf die Decke. Manfred befahl die Fackeln empor zu heben, und ward gewahr, daß ein Bodenstück der bezauberten Sturmhaube das Pflaster des Hofes durchbrochen habe, als seine Diener sie über den Landmann fallen liessen, und in das Gewölbe eingebrochen sey.

Durch diese Oefnung hatte sich der Gefangene einige Minuten vorher gezwängt, ehe Isabelle ihn fand. Bist du da herunter gekommen? fragte Manfred. Ja, antwortete der Jüngling. Woher aber kam das Geräusch, sagte Manfred, das ich bey meinem Eintritt in den Kreuzgang vernahm? Ich hörte eine Thür zuschlagen, erwiederte der Landmann. Welche Thür? fragte Manfred hastig. Ich bin unbekannt in Ihrer Hoheit Burg, sagte der Gefangene, ich betrat sie heute zum erstenmal, und bin nie weiter gekommen als in dieses Gewölbe. Ich sage dir aber, versetzte Manfred, der gerne erforschen wollte, ob der Jüngling die Fallthür entdeckt habe, von hier kam das Geräusch, meine Diener vernahmen es wie ich. Gnädiger Herr, unterbrach ihn ein dienstwilliger Beyläufer, es war sicherlich die Fallthür, durch die er eben entwischte. Schweig Dummkopf, fuhr der Prinz ihn zornig an, wenn er entwischt wäre, so ständ er nicht an dieser Seite. Aus seinem Munde will ich wissen, welches Geräusch ich hörte. Sprich die Wahrheit, dein Leben hängt davon ab. Wahrheit ist mir theurer als mein Leben, antwortete der Landmann; ich mögte dieses nicht damit erkaufen, daß ich jenes aufgäbe. Wirklich, du Tugendheld? sprach Manfred verächtlich; nun so sag' an, welch ein Geräusch hab' ich gehört? Fragen Ihre Hoheit mich nach Dingen die ich beantworten kann, antwortete jener, und lassen Sie mich auf der Stelle tödten, wenn ich lüge. Manfreds Geduld ermüdete, bey dem standhaften Muth und der Gleichgültigkeit des Jünglings. Nun dann, rief er, Mann der Wahrheit! antworte! hab' ich das Geräusch der Fallthüre gehört? Ja, sagte der Jüngling. Ja, fuhr der Fürst fort, und wie wußtest du, daß eine Fallthür hier sey? Ich sah die Kupferplatte bey dem Licht des Mondscheins, versetzte er. Wer sagte dir, es sey ein Schloß? versetzte Manfred. Wer lehrte dich das Geheimniß es zu öfnen? Die Vorsehung, die mich aus dem Helm erlöste, war wohl im Stande, mir die Feder eines Schlosses anzudeuten, war seine Antwort. Die Vorsehung hätte ein wenig weiter gehen sollen, und dich auch der Erreichung meiner Rache entziehn, versetzte Manfred: die Vorsehung lehrte dich das Schloß öfnen; und gab dich wieder auf, weil du ein Narr warst, der ihre Gunst nicht zu gebrauchen verstand. Warum folgtest du dem Pfade nicht, der sich deiner Flucht öfnete? Warum schlossest du die Fallthür, ehe du die Stufen hinunterstiegst? Ich könnte Sie fragen, gnädiger Herr, antwortete der Bauer, wie ich, dem ihre ganze Burg unbekannt ist, wissen sollte, daß diese Stufen mich herauslassen würden?

Aber ich mag Ihren Fragen nicht ausweichen. Wohin diese Stufen auch führen, ich hätte den Weg erkundet, ich konnte mich nie in einer schlimmern Lage befinden, als in der ich war. Aber die Wahrheit zu gestehn, die Fallthüre glitt mir aus der Hand, und unmittelbar darauf erschienen Ihre Hoheit. Ich hatte Lärm gemacht, was half es mir jetzt, eine Minute früher oder später ergriffen zu werden? Du bist für deine Jahre ein sehr entschloßner Frevler, sprach Manfred; doch scheint es mir, nach reifer Ueberlegung, du treibst deinen Spott mit mir: du hast mir noch nicht gesagt, wie du das Schloß eröfnetest? Das will ich Ihnen zeigen, gnädiger Herr, sprach der Bauer, ergrif einen Stein der von oben herab gefallen war, kniete auf die Fallthür, und hämmerte über dem Stück Kupfer, das sie bedeckte. Dadurch hofte er, der Prinzessin Zeit zur Flucht zu gewinnen. Diese Gegenwart des Geistes, und seine jugendliche Freymüthigkeit, machten Manfred wankend. Er fühlte sogar eine Neigung dem zu verzeihen, der sich nie eines Verbrechens schuldig gemacht hatte. Manfred war kein wilder Tyrann, der sich an ungereizter Grausamkeit ergötzt. Nur hatte die Lage seines Schicksals, die natürliche Milde seiner Stimmung rauh gemacht. Seine Tugenden waren immer bereit zu wirken, wenn Leidenschaften seine Vernunft nicht verfinsterten. In dem sich der Fürst in dieser Unentschlossenheit befand, hallte ein verwirrtes Geräusch von Stimmen durch entfernte Gewölbe. Wie sich das Getöse näherte, unterschied er den Ruf einiger Diener, die er durch die Burg zerstreut hatte, Isabellen zu suchen. Wo ist unser gnädiger Herr? Wo ist der Fürst? Hier bin ich, sagte Manfred, als sie in der Nachbarschaft waren; habt ihr die Prinzessin gefunden? O gnädiger Herr! erwiederte der erste der ankam, ich bin froh Ihre Hoheit zu finden. Mich zu finden! sagte Manfred, habt ihr die Prinzessin gefunden? Das glaubten wir, gnädiger Herr! antwortete der Mensch, der ganz erschrocken aussah, aber – Aber was? rief der Fürst; ist sie entflohen? Jago und ich, gnädiger Herr – Ja, Diego und ich, unterbrach ihn der andere, der noch viel verstörter hinzutrat – Sprecht nur einer auf einmal, gebot Manfred; ich frage euch, wo ist die Prinzessin? Das wissen wir nicht, antworteten beyde zugleich; vor Schrecken haben wir fast den Verstand verlohren – Das kann euch nicht schwer fallen, erwiederte Manfred; aber was hat euch jetzt verwildert? O gnädiger Herr, sprach Diego, Jago hat eine solche Erscheinung gesehn! Ihre Hoheit werden unsern Augen nicht trauen – Welch ein neues Mährchen? rief Manfred, gebt mir grade Antwort, oder, beym Himmel! – Wenn Ihre Hoheit geruhen wollen mich anzuhören, versetzte der arme Mensch, Jago und ich – Diego und ich sagte sein Kamerad – Verbot ich euch nicht, fiel Manfred ein, beyde zugleich zu reden? Antworte, Diego, denn der andere Narr scheint noch weniger von seinen Sinnen zu wissen, als du; was giebts? Gnädiger Herr, sagte Diego, wenn Ihre Hoheit geruhen wollten mich anzuhören; Jago und ich giengen umher, wie Ihre Hoheit befohlen hatten, das Fräulein zu suchen; aus Besorgniß aber daß wir dem Geist unsers jungen gnädigen Herrn begegnen mögten, Gott hab' ihn selig! der kein christlich Begräbniß erhalten hat – Tropf! rief Manfred wütend. Hast du weiter nichts gesehen als einen Geist? Ach, etwas viel schlimmeres, viel schlimmeres, gnädiger Herr! rief Jago, ich möchte lieber zehn Geister in Leib und Leben sehn – Gieb mir Geduld! sagte Manfred, die Pinsel bringen mich um meinen Verstand: mir aus dem Gesicht, Jago! und du Diego, sag' mir mit einem Wort, bist du besoffen? bist du toll? du pflegtest sonst einigen Verstand zu haben: hat sich jener Gimpel schrecken lassen, und dich mit erschreckt? sprich: was bildet er sich ein, gesehen zu haben? Gnädiger Herr, erwiederte Diego zitternd, ich wollte Ihrer Hoheit nur sagen, daß seit dem jämmerlichen Unfall des jungen gnädigen Herrn, Gott wolle ihm sein ewig Freudenreich verleihen! keiner von uns, Ihrer Hoheit treuen Dienern, das sind wir wahrhaftig, gnädiger Herr, obschon arme Leute, keiner von uns, sag' ich, es wagt in der Burg einen Fuß von der Stelle zu setzen, außer zween und zween: so gingen denn auch Diego und ich in die große Gallerie, weil wir glaubten, das Fräulein könnte da seyn, um ihr zu sagen, daß Ihre Hoheit etwas mit ihr zu sprechen hätten – Dummköpfe und kein Ende! rief Manfred: und so hat sie Zeit gehabt zu entkommen, weil euch vor Poltergeistern bange war! Wustest du nicht, Schurke, daß ich euch in der Gallerie verließ? Daß ich selbst dorther kam? Darum weiß ich doch nicht, ob sie drinnen ist oder nicht, sagte Diego; aber der Teufel soll mich holen, wenn ich sie wieder dort suche. Der arme Jago wird es in seinem Leben nicht verwinden! Was verwinden? fragte Manfred. Soll ich nie erfahren, was euch Lumpen so erschreckt hat? ich verliere nur Zeit. Folge mir Sclave, ich weiß schon was in der Gallerie vorgeht; – Um Gottes willen! lieber gnädiger Herr! rief Diego, gehen Ihre Hoheit nicht den langen Gang hinunter. In den Zimmern am Ende des Ganges haust, denk' ich, der leidige Satan.

– Bisher hatte Manfred den Schreck seiner Bedienten als eine eitle Furcht behandelt, dieser neue Umstand fiel ihm auf. Er erinnerte sich der Erscheinung des Bildnisses, und daß die Thür am Ende des Ganges vor ihm zugemacht worden. Seine Zunge stammelte, und unruhig fragt' er: was ist in dem großen Zimmer? Gnädiger Herr, erwiederte Diego, als Jago und ich in die Gallerie kamen, ging er voran, denn, sagt' er, er habe mehr Herz als ich. Da wir also in die Gallerie kamen, fanden wir niemand. Wir guckten unter alle Stühle und Bänke, und fanden doch niemand. – Waren die Gemälde alle auf ihrer Stelle? fragte Manfred. Ja, gnädiger Herr, antwortete Diego, aber es fiel uns nicht ein, dahinter zu schauen. – Gut, gut, sagte Manfred, weiter! Als wir an die Thür des großen Zimmers kamen, fuhr Diego fort, fanden wir sie zugemacht – Konntet ihr sie nicht öfnen? sagte Manfred. O ja, gnädiger Herr! wolte Gott wir hättens nicht gethan! versetzte er: aber ich öfnete sie nicht. Diego thats, der Narr war übermüthig geworden, er wollte alles wagen, so sehr ich ihm abrieth; wenn ich jemals wieder eine Thür öfne, die zu steht – Halt dich nicht auf, sprach Manfred schaudernd, und sprich, was saht ihr in der großen Kammer, als die Thür geöfnet war! Ich, gnädiger Herr? sagte Diego, ich sah nichts, ich stand hinter Jago, aber das Getöse hört' ich – Diego, sagte Manfred mit feyerlicher Stimme, ich beschwöre dich bey den Seelen meiner Vorfahren, sprich, was sahst du? was hörtest du? Ich sah nichts, gnädiger Herr, versetzte Diego, Jago sah, ich hörte nur das Getöse. Kaum hatte Jago die Thür eröfnet, so schrie er, und lief zurück. Ich lief auch zurück, und fragte, ist es der Geist? Nein, nein, kein Geist, antwortete Jago, das Haar stand ihm zu Berge, es ist ein Riese glaub' ich; er ist über und über geharnischt; ich sah nichts als seinen Fuß und ein Stück vom Bein, die sind so groß als der Helm unten im Hofe. Wie wir diese Worte sprachen, gnädiger Herr, hörten wir sichs heftig bewegen und Waffen rasseln, als ob der Riese aufstände. Denn Jago hat mir nachher gesagt, er glaube der Riese habe gelegen, Fuß und Beine waren am Fußboden ausgestreckt. Ehe wir das Ende des Ganges erreichten, hörten wir die Thür des großen Zimmers zuschlagen. Wir hatten das Herz nicht umzusehn, ob der Riese uns folge; aber jetzt fällt mir ein, wir müsten ihn ja gehört haben, wenn er uns nachgesetzt wäre. Aber ums Himmels willen, gnädiger Herr, schicken sie zum Caplan, und lassen sie ihn die Teufel aus der Burg treiben, sie ist sicherlich behext. Ach, thun sie das ja, gnädigen Herr! riefen alle Bedienten zugleich, wir können sonst nicht in Ihrer Hoheit

Diensten bleiben! – Schweigt, einfältiges Volk, sprach Manfred, und folgt mir, ich will erfahren, was alles dies bedeutet. Wir, gnädiger Herr? riefen alle einstimmig, wir wollen nicht in die Gallerie gehn, um Ihrer Hoheit Güter nicht! Jetzt fragte der junge Bauer, der bisher geschwiegen hatte: Wollen Ihre Hoheit mir erlauben, dies Abentheuer zu bestehn? An meinem Leben ist niemand gelegen, böse Geister fürcht' ich nicht, und gute hab' ich nicht beleidigt. Dein Betragen ist besser als dein Ansehn, sagte Manfred, und betrachtete ihn mit Bewunderung und Beifall. Dein Muth soll zu seiner Zeit belohnt werden: jetzt aber, fuhr er mit einem Seufzer fort, bin ich in der Lage, keines Augen trauen zu dürfen als meinen eignen. Aber ich erlaube dir, mir zu folgen.

Als Manfred zuerst die Gallerie verließ, Isabellen nachzueilen, ging er grade in das Gemach seiner Gemahlin, wohin er glaubte, daß sich die Prinzessin zurückgezogen habe. Hippolite, die seinen Tritt kannte, erhob sich mit ängstlicher Sorgfalt, ihrem Gemahl zu begegnen, den sie seit dem Tode ihres Sohnes nicht gesehen hatte. Sie hätte sich, in einem Ausbruch der Freude und des Schmerzes, ihm an den Busen geworfen, aber hart stieß er sie von sich, und fragte: wo ist Isabelle? Isabelle, mein Fürst? rief die erstaunte Hippolite. Ja, Isabelle! sprach Manfred gebieterisch, Isabellen such ich. Gnädigster Herr, versetzte Matilde, die ihre Mutter durch diese Begegnung gekränkt sah, sie war nicht bey uns, seit Ihre Hoheit sie zu sich rufen ließen. Ich will wissen wo sie ist, sagte Manfred, nicht wo sie war. Mein theurer Manfred, erwiederte Hippolite, Ihre Tochter weiß nicht mehr zu sagen. Isabelle verließ uns auf Ihren Befehl, und ist nicht zurückgekehrt. Fassen Sie sich, mein edler Gemahl, begeben Sie sich zur Ruhe. Dieser unglückliche Tag hat Sie verstört. Isabelle soll morgen früh Ihre Befehle vernehmen. Sie wissen also wo sie ist? rief Manfred. Gestehn sie mirs! Ich will keinen Augenblick verlieren; und schicken sie mir auf der Stelle ihren Capellan. Isabelle, antwortete Hippolite ruhig, hat sich wie ich glaube in ihr Schlafgemach begeben: so spät pflegt sie niemals aufzubleiben. Mein Fürst, fuhr sie fort, seyn Sie gelassen. Sagen Sie mir, was Sie aufbringt. Hat Isabelle sie beleidigt? Quälen Sie mich nicht mit Fragen, versetzte Manfred, sondern sagen Sie mir wo sie ist? Matilde soll sie rufen, erwiederte die Fürstin. Setzen sie sich, rufen Sie Ihre gewohnte Standhaftigkeit zurück.

Sind Sie denn eifersüchtig auf Isabelle, fragte er, daß Sie bey unsrer Unterredung zugegen seyn wollen? Lieber Himmel! sagte Hippolite, wie meint Ihre Hoheit das? Sie sollen es bald erfahren, antwortete der Fürst. Schicken Sie mir Ihren Capellan, und erwarten Sie hier Bescheid. Mit diesen Worten verließ er eilig das Zimmer, um Isabellen zu suchen. Die bestürzten Damen waren wie vom Donner gerührt, über die Heftigkeit seiner Ausdrücke und seines Benehmens, und verloren sich in eitle Muthmassungen über sein Vorhaben.

Jetzt kehrte Manfred aus dem Kreuzgange zurück, der Bauer war mit ihm, und wenige Diener, die er zwang ihm zu folgen. Er stieg die Treppe hinauf, ohne still zu stehn, bis er zu der Gallerie kam, an deren Thüre er Hippoliten und ihrem Capellan begegnete. Als Jago von Manfred entlassen war, ging er gerade ins Gemach der Fürstin, und schrie über das was er gesehen hatte. Diese vortrefliche Frau zweifelte, so wenig als Manfred, an der Wahrheit der Erscheinung, doch stellte sie sich, als hielte sie den Bedienten für einen Träumer. Nur wünschte sie, ihrem Gemahl jede neue Erschütterung zu ersparen, und da langer Gram sie gelehrt hatte, vor keiner Vermehrung desselben zu zittern, so beschloß sie das erste Opfer zu werden, wenn das Schicksal die gegenwärtige Stunde zu ihrer Vernichtung bestimmt hätte. Sie sandte daher die zögernde Matilde zur Ruhe, die vergebens um Erlaubniß bat ihre Mutter zu begleiten, und besuchte, einzig in Gesellschaft ihres Capellans, die Gallerie und das große Zimmer. Jetzt begegnete sie, mit mehr Heiterkeit der Seele, als ihr seit einigen Stunden zu Theil geworden war, ihrem Gemahl, und versicherte ihn, die Erscheinung des Riesenbeins und Fußes sey ein Mährchen; sey unstreitig ein bloßer Eindruck der Furcht, und der finstern unheimlichen Stunde der Nacht, auf das Gemüth seiner Bedienten. Sie und der Capellan hatten das Zimmer untersucht, und alles in gehöriger Ordnung gefunden.

Manfred, obwohl eben so überzeugt als seine Gemahlin, diese Erscheinung sey kein Werk der Einbildungskraft, erholte sich ein wenig von dem Sturm, womit so viel befremdende Auftritte seine Seele bekämpften. Auch schämt' er sich, einer Fürstin so unmenschlich begegnet zu haben, die jede Beleidigung durch neue Beweise der Zärtlichkeit und Tugend erwiederte; und fühlte, daß rückkehrende Liebe sich in seine Augen dränge – aber nicht minder schämte er sich auch, derentwegen Gewissensbisse zu fühlen, der sein Gemüth eine viel herbere Schmach bereitete: darum unterdrückte er die Reue seines

Herzens, und wagte nicht einmal, dem Mitleid Gehör zu geben. Bald ging seine Seele zu ausgesuchtem Frevel über. So sehr rechnete er auf Hippolitens unerschütterliche Nachgiebigkeit, daß er sich schmeicheln durfte, sie würde sich eine Scheidung nicht nur geduldig gefallen lassen, sondern wenn es sein Wille sey, ihm sogar darin gehorchen, daß sie selbst Isabellen beredete, ihm ihre Hand zu geben. In der Mitte dieser abscheulichen Hoffnung, fiel ihm ein, Isabelle sey nicht zu finden. Er erwachte aus seinen Ueberlegungen, befahl jeden Zugang der Burg strenge zu bewachen, und gebot seinen Dienern bey Lebensstrafe, niemanden herauszulassen. Mit dem jungen Bauer sprach er freundlich, befahl ihm in einer kleinen Kammer neben der Treppe zu bleiben, worin ein Ruhebett stand, und deren Schlüssel er zu sich steckte, indem er dem Jüngling sagte, er wolle morgen früh mit ihm reden. Darauf entließ er sein Gefolge, nickte Hippoliten eine kurze unwillige Bewegung des Hauptes zu, und begab sich auf sein Zimmer.

Zweiter Abschnitt.

Matilde hatte sich auf Hippolitens Befehl in ihr Gemach verfügt, aber zur Ruhe war sie wenig aufgelegt. Ihres Bruders schreckliches Schicksal rührte sie tief. Sie war verwundert, Isabellen nicht zu sehn. Die seltsamen Reden ihres Vaters, dessen unverständliche Drohungen gegen seine fürstliche Gemahlin, und wütendes Betragen, erfüllten ihre sanfte Seele mit Schrecken und Besorgniß. Aengstlich wartete sie, daß Bianca zurück kommen mögte, ein junges Mädchen in ihren Diensten, das sie abgeschickt hatte, zu erfahren, wo Isabelle hingekommen sey. Bianca erschien bald, und berichtete ihrer Gebieterin, sie habe von den Bedienten vernommen, Isabelle sey nirgends zu finden. Sie erzählte das Abentheuer des jungen Bauren, den man im Kreuzgange entdeckt hatte, obgleich mit manchem einfältigen Zusatz, aus den unzusammenhängenden Berichten der Hausleute; und vornemlich hielt sie sich bey dem Riesenbein und Fuß auf, die man im Galleriezimmer gesehen hatte. Dieser letzte Umstand hatte Bianca so erschreckt, daß sie froh war, als Matilde ihr erklärte, sie wolle nicht schlafen gehen, sondern wachen bis die Fürstin aufstände.

Die junge Prinzessin quälte sich mit Vermuthungen über Isabellens Flucht, und Manfreds Drohungen gegen ihre Mutter. Was konnt' er so nothwendig mit dem Capellan zu schaffen haben? Will er meines Bruders Leichnam in der Stille beysetzen lassen? O gnädiges Fräulein, ich errathe es, sagte Bianca. Sie sind seine Erbin geworden, jetzt kann er die Zeit nicht erwarten, Sie verheirathet zu wissen. Ihn hat immer nach mehr Söhnen gelüstet, jetzt gelüstet ihn nach Enkeln. So wahr ich lebe, gnädiges Fräulein, endlich seh' ich Sie als Braut. Liebes gnädiges Fräulein, Sie werden doch Ihre getreue Bianca nicht verstoßen? Sie werden Donna Rosaura nicht über mich setzen, nun Sie eine große Fürstin sind? Arme Bianca, sagte Matilde, wie fliegen deine Gedanken! Ich, eine große Fürstin? Hat Manfreds Betragen, seit meines Bruders Tod, dir bewiesen, daß seine Zärtlichkeit gegen mich vermehrt sey? Nein, Bianca, sein Herz war mir von jeher entfremdet; aber er ist mein Vater, ich darf nicht klagen. Wenn der Himmel meines Vaters Herz gegen mich verschließt, so bezahlt er mein kleines Verdienst tausendfach, durch die Zärtlichkeit meiner Mutter. Meine theure Mutter! Ihrentwegen, Bianca, fühl' ich Manfreds rauhe Gemüthsart. Seine Strenge gegen mich kann ich geduldig ertragen, aber es verwundet meine Seele, wenn ich Zeuge bin, wie ohne Ursach hart er gegen sie ist. O gnädiges Fräulein, sagte Bianca, alle Männer sind so gegen ihre Frauen, wenn sie ihrer satt sind! Und doch wünschtest du mir Glück, erwiederte Matilde, weil du dir einbildetest, mein Vater werde mich vermählen? Sie müssen eine große Frau werden, versetzte Bianca, es mag kommen wie es will. Ich wünsche nicht, daß Sie in einem Kloster versauren, wie Sie werden, wenn man Ihnen Ihren Willen läßt, und Ihre gnädige Frau Mutter nicht dazu thut, die wohl weiß, daß ein schlechter Mann besser ist, als kein Mann. – Gott sey bey uns! was rührt sich da? Heiliger Niklas vergieb mir! Ich scherzte nur. Es ist der Wind, sprach Matilde, der durch die Zinnen des Thurmes seufzt. Du hast das tausendmal gehört. Ich habe ja auch nichts böses gesagt, erwiederte Bianca, es ist keine Sünde von Heirathen zu sprechen. Also gnädiges Fräulein, wie ich sagte, wenn ihr fürstlicher Vater Ihnen einen hübschen jungen Prinzen als Bräutigam vorstellt, werden Sie sich höflich verneigen, und sprechen, ich bitte lieber um den Schleyer? Dem Himmel sey Dank! in der Gefahr bin ich nicht, antwortete Matilde. Du weist, wie viel Bewerbungen um mich er ausgeschlagen hat. –

Und dafür danken Sie ihm als eine gehorsame Tochter? danken Sie ihm, gnädiges Fräulein? Nehmen Sie nur einmal an, er schickte morgen nach Ihnen, im großen Audienzzimmer, und ihm zur Seite stände ein liebenswürdiger junger Prinz, mit großen schwarzen Augen, einer glatten weißen Stirn, und krausen männlichen Locken, wie Wasserstrahlen; kurz gnädiges Fräulein, ein junger Held, der so aussähe wie das Bild Alfonso des Guten in der Gallerie, vor dem Sie Stunden lang sitzen und es anstaunen. – Sprich nicht leichtsinnig von dem Bilde, unterbrach sie seufzend Matilde. Ich weiß, die Anbetung, mit der ich dies Gemälde betrachte, ist ungewöhnlich, aber in die bemalte Leinwand bin ich nicht verliebt. Die Tugenden dieses erhabenen Fürsten; die Ehrfurcht welche meine Mutter mir für sein Gedächtniß eingeflößt hat; dies Gebet, das sie mir, ich weiß nicht warum, befahl, an seinem Grabe abzulegen, alles trifft zusammen, mich zu bereden, daß mein Schicksal auf irgend eine Weise mit etwas, das ihm angehört, verbunden sey. Herr Gott! gnädiges Fräulein, wie könnte das zugehen? fragte Bianca. Ich habe immer gehört, Ihr Geschlecht sey dem seinigen nicht verwand; und, wahrhaftig, ich kann nicht begreifen, warum Ihre Hoheit die Fürstin, Ihre Gnaden an kalten Morgen oder feuchten Abenden an seinem Grabe beten läßt? Er ist doch kein Calenderheiliger? Wenn Sie beten sollen, warum wenden Sie sich nicht lieber an unsern heiligen Sankt Niklas? Ich weiß wohl, das ist der Heilige, den ich um einen Mann anrufe. Vielleicht wäre mein Gemüth wieder beruhigt, sagte Matilde, wenn meine Mutter mir ihre Ursache erklären wollte. Aber eben dies Geheimnißvolle ihrer Winke, erweckt das Gefühl in mir, das ich nicht zu nennen weiß. Da sie niemals nach Launen handelt, so bin ich gewiß, irgend ein verborgener Zusammenhang liegt darunter versteckt; ich bin davon überzeugt. In der heftigsten Qual ihres Schmerzes, über den Tod meines Bruders, ließ sie einige Worte fallen, die mich dessen versichern. – O liebes gnädiges Fräulein! rief Bianca, was waren das für Worte? Nein, sagte Matilde, einen Ausdruck der Mutter, den sie wieder zurück zu nehmen wünschte, darf ihr Kind nicht wiederholen. Ey, fragte Bianca, that es ihr leid, was sie gesagt hatte? Gnädiges Fräulein, mir können sie trauen! Mit meinen eignen kleinen Geheimnissen, wenn ich ihrer habe, kann ich das wohl, sprach Matilde, aber nie mit den Geheimnissen meiner Mutter.

Eine Tochter muß weder Augen noch Ohren haben, als nach dem Willen ihrer Mutter. Nun gewiß, gnädiges Fräulein, rief Bianca, Sie sind zur Heiligen geboren, und seinem Beruf kann niemand wiederstehn! Sie kommen doch noch am Ende ins Kloster. Fräulein Isabelle würde nicht so hinterm Berge gegen mich halten; sie hört gern, wenn ich ihr von jungen Herrn vorschwatze; und so oft ein schmucker Ritter ins Schloß kam, gestand sie mir, wie sehr sie wünsche, Junker Corrado mögte ihm ähnlich sehn. Bianca, sagte die Prinzessin, ich erlaube dir nicht, die Achtung gegen meine Freundin zu vergessen. Isabelle ist geneigt zum Scherzen, aber ihre Seele ist so rein, als die Tugend selbst. Sie weiß, welch ein Plaudermaul du bist, und hat dich vielleicht zuweilen zum Schwazen aufgemuntert, um sich der Schwermuth zu entreissen, und die Einsamkeit zu beleben, worin uns mein Vater hält. – Heilige Mutter! rief Bianca, und fuhr zusammen, da ist es wieder! Hören Sie nichts gnädiges Fräulein? Es spukt sicherlich in dieser Burg! – Still, sprach Matilde, und horch auf! ich glaube eine Stimme zu vernehmen. Aber es muß Einbildung seyn, deine Schreckhaftigkeit wird mich angesteckt haben. Warlich, warlich, gnädiges Fräulein, sagte Bianca, halbweinend vor Angst, ich habe gewiß eine Stimme gehört. Liegt jemand in der untern Kammer? fragte die Prinzessin. Das hat sich niemand unterstanden, antwortete Bianca, seit der große Sterndeuter, Ihres Bruders Hofmeister, sich ersäufte. Sicherlich, gnädiges Fräulein, besucht unsers jungen Prinzen Geist den seinigen in der Kammer unter uns. Ums Himmels willen, lassen Sie uns in das Gemach Ihrer gnädigen Mutter flüchten! Ich befehle dir, bleib, sprach Matilde. Sind dies leidende Geister, so müssen wir sie befragen, ob ihre Qualen zu lindern stehn? Sie können uns nicht schaden wollen, denn wir haben sie nicht beleidigt; und wollen sie schaden, so sind wir nicht mehr sicher in einem Zimmer, als in dem andern. Gieb mir meinen Rosenkranz; erst will ich beten, und dann zu ihnen reden. O! gnädiges Fräulein, rief Bianca, ich spräche nicht zu einem Geist, und wenn ich die ganze Welt dadurch gewönne! – Als sie dies sagte, hörten sie die Fensterrahmen der kleinen Kammer unter Matilden öffnen. Sie horchten wohl zu, und bald däuchte es ihnen, als vernähmen sie jemand singen, aber die Worte konnten sie nicht verstehn. Dies kann kein böser Geist seyn, sagte die Prinzessin leise: es ist ohne Zweifel jemand von unsern Leuten. Mach' das Fenster auf, wir werden die Stimme kennen.

Ich unterstehe michs nicht, gnädiges Fräulein, sagte Bianca. Du bist eine rechte Närrin, versetzte Matilde, und öfnete sanft das Fenster. Doch bemerkte die Person die unten war, das Geräusch welches die Prinzessin machte, und hielt ein. Sie schlossen daraus, man habe die Eröfnung des Geschosses bemerkt. Ist jemand unten? fragte die Prinzessin. Wer da ist, antworte! Ja, sagte eine unbekannte Stimme. Wer ist es? fragte Matilde. Ein Fremder, antwortete die Stimme. Welcher Fremde? fragte sie; und wer kann zu dieser ungewöhnlichen Stunde hieher kommen, wo alle Thore der Burg verschlossen sind? Ich bin nicht mit meinem Willen hieher gekommen, erwiederte die Stimme. Verzeihn Sie mir, Signora, wenn ich Ihre Ruhe gestört habe; ich wuste nicht, daß man mich vernehmen könnte. Mich flieht der Schlaf; und ich verließ mein rastloses Lager, ungeduldig aus dieser Burg entlassen zu werden, um die peinliche Zeit damit zu verbringen, daß ich dem schönen Morgen entgegen sähe. Ihre Sprache und Ihre Stimme, versetzte Matilde, haben einen Anstrich von Schwermuth. Sind Sie unglücklich, so bedaure ich Sie. Leiden Sie aus Armuth, so lassen Sie mich's wissen. Ich will der Fürstin davon sagen, deren wohlthätige Seele gegen jede Noth empfindlich ist; sie wird Ihnen aufhelfen. Ich bin in der That unglücklich, sagte der Fremde, und kenne den Wohlstand nicht: aber ich klage das Loos nicht an, das der Himmel mir zutheilte. Ich bin jung und stark, und schäme mich nicht, für meinen Unterhalt zu arbeiten. Halten Sie mich nicht für so übermüthig, daß ich Ihr großmüthiges Anbieten verachten könne. Ich will Ihrer in meinem Gebet gedenken, und den Segen des Himmels für Sie, die Sie so gnädig sind, und für Ihre edle Gebieterin erflehen. Ich seufze, Signora, aber um andre, nicht um mich. Nun hab' ichs, gnädiges Fräulein, zischelte Bianca der Prinzessin zu, dies ist sicherlich der Bauerjunge, und auf mein Gewissen! er ist verliebt. Das ist ein himmlisches Abentheuer! Liebes gnädiges Fräulein, lassen Sie uns ihn ausholen. Er kennt Ihre Gnaden nicht, er hält Sie für ein Kammerfräulein der Fürstin Hippolite. Schämst du dich nicht, Bianca? sagte die Prinzessin. Wer giebt mir das Recht, den Herzens Geheimnissen dieses jungen Mannes nachzuforschen? Er scheint rechtschaffen und aufrichtig, und sagt uns er sey unglücklich. Sollen diese Eigenschaften ihn uns Preis geben? Welchen Anspruch haben wir auf sein Vertrauen? Herr Gott! rief Bianca, wie wenig verstehn sich Ihre Gnaden auf Liebe?

Ein Liebhaber hat ja keine größere Freude, als wenn er von seinem Herzens Schatz reden kann. Und mich willst du zur Vertrauten eines Bauren machen? fragte die Prinzessin. Wohl, so lassen Sie mich mit ihm reden, sagte Bianca. Obschon ich jetzt die Ehre habe, Ihrer Gnaden Ehrenfräulein zu seyn, so war ich nicht immer so vornehm. Zudem, wenn Liebe alle Stände gleich macht, so erhebt sie ja auch alle Stände. Ich habe Achtung für jeden jungen Mann, der verliebt ist. – Schweig, Gimpel! unterbrach sie die Prinzessin. Er nannte sich unglücklich. Folgt daraus, daß er verliebt sey? Bedenk' was alles heute vorgefallen ist, und dann sprich, ob es kein ander Unglück giebt, als was von Liebe kommt. Fremdling, begann die Prinzessin von neuem, wenn Sie nicht unglücklich sind durch eigne Schuld, und die Fürstin Hippolite Ihnen helfen kann, so nehme ich es auf mich, dafür zu haften, daß ihr Schutz Ihnen nicht entstehn soll. Entläßt man Sie aus dieser Burg, so wenden Sie sich an den ehrwürdigen Vater Geronimo, in dem Kloster hart an der Kirche Sanct Nicola, und entdecken sich ihm so weit Sie gut finden. Er wird die Fürstin sicherlich davon unterrichten, die aller Hülflosen Mutter ist. Leben Sie wohl! Es ist nicht ziemlich, daß ich, zu dieser ungewöhnlichen Stunde, mich mit einem Mann länger unterhalte. Die Heiligen schützen Sie für diese Gnade, Signora! sagte der Bauer, aber o! wenn ein armer verdienstloser Fremdling, um einen Augenblick länger Gehör bitten dürfte, – darf er es wagen? – Sie schließen das Fenster nicht? –Bin ich so glücklich, daß Sie mirs gestatten? – Sprechen Sie kurz, versetzte Matilde, der Morgen dämmert schon heran; die Arbeiter dürfen nicht ihr Feld zu bestellen kommen, und uns gewahr werden. Was begehren Sie? – Ich weiß nicht wie, – ich weiß nicht ob ich darf, sagte der junge Fremde stammelnd, aber das Erbarmen Ihrer Worte giebt mir Herz. Darf ich Ihnen trauen, Signora? – Himmel! sprach Matilde, was meinen Sie? Was wollen Sie mir vertrauen? Was die Unschuld hören kann, dürfen Sie mir nicht verhehlen. Ich wollte fragen, sagte der Bauer, der sich gefaßt hatte, ob es wahr ist was ich von den Bedienten gehört habe, daß die Prinzessin in der Burg nicht zu finden sey? Was geht Sie das an? erwiederte Matilde. Ihre ersten Reden waren weiser und schicklicher. Sind Sie hergekommen, Fürsten Angelegenheiten auszuspähen? Ich habe mich in Ihnen geirrt. Leben Sie wohl. Mit diesen Worten schlug sie eilig das Fenster zu, ohne dem jungen Mann Zeit zur Antwort zu lassen. Ich hätte weißlicher gethan, sagte die Prinzessin etwas bitter gegen Bianca, dich mit dem Bauren reden zu lassen. Seine Fragsucht ist wie es scheint mit der deinigen aus einem Stück. Ich darf mit Ihren Gnaden nicht rechten, erwiederte Bianca, aber die Fragen die ich ihm vorgelegt haben würde, mögten leicht mehr zum Zweck geführt haben, als die welche Sie zu thun geruhten. O, sonder Zweifel! sprach Matilde, du bist ein schlauer Diebesfänger! Darf ich wissen, was du gefragt haben würdest? Wer in die Charten sieht, antwortete Bianca, begreift oft mehr vom Spiel, als wer sie hält. Glauben denn Ihr Gnaden etwa, er habe aus bloßer Neugier Fräulein Isabellen nachgefragt? Nein, nein, gnädiges Fräulein, da steckt mehr dahinter, als Sie vornehmen Leute sich einbilden. Lopez erzählt mir, alle Bedienten glauben, der junge Bursche habe Fräulein Isabellen fortgeholfen; nun bitte ich Sie zu bemerken, gnädiges Fräulein, wir beyde wissen ja wohl, daß Fräulein Isabelle niemals sonderliches Behagen an Ihrem hochseeligen Herrn Bruder fand, – gut, er ist gerade zur rechten Zeit aus der Welt gegangen, – ich klage niemanden an. Ein Helm fällt aus der Luft, so sagen Seine Hoheit, Ihr Herr Vater; aber Lopez und alle Bedienten sagen, dieser junge Springinsfeld sey ein Hexenmeister, und habe ihn dem steinernen Alfonso weggemaust. – Wirst du aufhören, ungereimtes Zeug zu reden? fragte Matilde. Sobald Ihre Gnaden befehlen, erwiederte Bianca. – Sonderbar aber bleibt es immer, daß Fräulein Isabelle noch an dem nemlichen Tage davon läuft, wo dieser junge Zauberer gerade am Eingang der Fallthüre gefunden wird – ich klage niemanden an – wenn unser gnädiger Junker aber mit rechten Dingen zu Tode gekommen ist, – Ich befehle dir, sagte Matilde, keinen Argwohn gegen den unbefleckten Ruf meiner Isabelle zu wagen. – Unbefleckt oder nicht unbefleckt, antwortete Bianca, fort ist sie, ein Fremder findet sich den niemand kennt, Sie selbst befragen ihn, er sagt er sey verliebt, oder unglücklich, das ist einerley – richtig, er sagt er sey unglücklich um andre; nun frag' ich: wer ist unglücklich um andre? Antwort, der in andre verliebt ist. Und gleich darauf meint die unschuldige Seele: ob Fräulein Isabelle nicht zu finden sey? – Deine Bemerkungen, sprach Matilde, sind freylich nicht ganz ohne Grund. Isabellens Flucht setzt mich in Erstaunen. Des Fremden Neugier ist auffallend, doch hat Isabelle nie einen ihrer Gedanken mir verborgen. – Das gab sie vor, sagte Bianca, um Ihrer Gnaden Geheimnisse herauszulocken. Wer weiß, gnädiges Fräulein, ob dieser Fremde nicht irgend ein verkleideter Prinz ist?

Lassen Sie mich das Fenster wieder öfnen, gnädiges Fräulein, ich will ich noch ein wenig vernehmen. Nein, erwiederte Matilde, ich frage mit einem Wort, ob er etwas von Isabellen weiß? einer längern Unterhaltung mit mir, ist er nicht werth. Schon wollte sie das Geschoß ihres Fensters eröfnen, als sie an dem Pförtchen der Burg schellen hörte, das dem Thurm, wo Mathildens Zimmer war, zur Rechten lag. Dies verhinderte die Prinzessin, den Fremden aufs neue anzureden.

Sie blieb eine Zeitlang schweigend, und wandte dann sich gegen Bianca: Ich bin überzeugt, Isabellens Flucht hat keine unwürdige Ursache. Nahm dieser Fremdling Theil daran, so muste sie seiner Treue und Rechtschaffenheit gewiß seyn. Bemerktest du nicht, Bianca, wie ich, daß seine Worte ein ungewöhnliches Gepräge von Frömmigkeit trugen? So spricht kein Missethäter. Seine Ausdrücke würden einem Manne von edler Geburt geziemen. Sagt' ich nicht, gnädiges Fräulein, fragte Bianca, es sey sicherlich ein verkleideter Prinz? Wenn sie ihn aber zu ihrer Flucht gebrauchte, sagte Matilde, wie willst du das erklären, daß er sie nicht dabey begleitete? Warum setzt er sich ohne Noth und tollkühn, der Rache meines Vaters aus? O gnädiges Fräulein, erwiederte Bianca, ist er unter der Sturmhaube weggekommen, so wird er auch Wege finden, dem Zorn Ihres Herrn Vaters zu entgehn. Wer weiß, wie viel Talismane der in der Tasche hat? Du hilfst dir aus aller Noth mit Zaubermitteln, sprach Matilde: wer sich aber mit höllischen Geistern abgiebt, darf die gottgesegneten Namen nicht aussprechen, wie er that. Hörtest du nicht, wie andächtig er gelobte, meiner im Gebet an die Heiligen des Himmels zu denken? Isabelle war unstreitig von seiner Gottesfurcht überzeugt. Verlassen Sie sich auf die Gottesfurcht eines jungen Burschen, und eines Fräuleins, die mit einander entlaufen wollen! rief Bianca. Nein, nein, gnädiges Fräulein, Donna Isabelle ist aus ganz anderm Thon geformt, als Sie sich einbilden. In Ihrer Gesellschaft konnte sie freylich seufzen und die Augen verdrehen, weil sie weiß, Sie sind eine Heilige, aber sobald Sie den Rücken drehten – Du thust ihr Unrecht, sprach Matilde, Isabelle ist keine Heuchlerin. Es fehlt ihr nicht an Frömmigkeit, aber nie prahlte sie mit einem Beruf, den sie nicht empfand. Im Gegentheil bestritt sie immer meine Neigung für das Kloster. Und obschon ich bekenne, daß mich das Geheimniß das sie mir aus ihrer Flucht machte, in Verlegenheit setzt; obwohl es scheint, als bestehe das nicht mit unsrer Freundschaft; so kann ich doch den uneigennützigen Eifer nicht vergessen, mit dem sie mich immer abhielt, den Schleyer zu ergreifen. Sie wünschte mich verheyrathet zu sehn, wenn gleich mein Leibgedinge, für ihre und meines Bruders Kinder, ein Verlust gewesen wäre. Ihrentwegen will ich gut von diesem jungen Bauren denken. Ihre Gnaden glauben also, es könne wohl einige Liebe unter ihnen Statt finden? fragte Bianca. Indem trat ein Bedienter eilig in das Zimmer, der Prinzessin zu melden, daß Fräulein Isabelle gefunden sey. Wo? fragte Matilde. Sie hat sich in die Kirche Sanct Nicola geflüchtet, antwortete der Bediente. Vater Geronimo hat die Nachricht selbst überbracht; er ist unten bey Seiner Hoheit. Wo ist meine Mutter? sagte Matilde. In ihrem Zimmer, sie fragt nach Ihren Gnaden.

Manfred war mit Tages Anbruch aufgestanden, und in Hippolitens Gemach gegangen, um zu erforschen, ob sie etwas von Isabellen wisse. Während er sie ausfragte, benachrichtigte man ihn, daß Geronimo ihn zu sprechen verlange. Manfred ließ sich von der Ursache nichts träumen, die den Mönch herbrachte. Er wuste, daß ihn Hippolite als ihren Almosenier gebrauchte, und befahl ihm hereinzukommen, weil er beyde zusammen lassen wollte, um indessen seine Nachforschungen nach Isabellen fortzusetzen. Gilt Ihr Besuch mir oder der Fürstin? fragte Manfred. Beiden, antwortete der ehrwürdige Mann. Fräulein Isabelle – Was wissen Sie von ihr? unterbrach ihn Manfred eifrig – Sie steht am Altar Sankt Nicola, erwiederte Geronimo. Das geht meine Gemahlin nicht an, sprach Manfred bestürzt; folgen Sie mir in mein Zimmer, Vater, und belehren Sie mich, wie sie dorthin gekommen ist? Nein, gnädiger Herr, antwortete der gute Alte, mit einem Ausdruck von Festigkeit und Ansehn, das selbst dem entschlossenen Manfred Einhalt that, der nicht umhin konnte, Geronimo's Heiligen gleiche Tugenden zu verehren: mein Auftrag geht Sie beyde an, und Ihre Hoheit werden mir erlauben, ihn in Ihrer beyder Gegenwart auszurichten. Erst aber, gnädiger Herr, muß ich die Fürstin fragen, ob ihr die Ursache von Fräulein Isabellens Entfernung aus der Burg bekannt ist? – Nein, auf meine Seele, sprach Hippolite. Beschuldigt mich Isabelle, daß ich darum gewußt habe? – Vater, unterbrach sie Manfred, ich hege alle schuldige Ehrerbietung gegen Ihren heiligen Stand; aber hier bin ich Herr, und werde nie zugeben, daß sich ein pfäffischer Unterhändler in meine häußlichen Angelegenheiten mische. Haben Sie etwas zu bestellen, so folgen Sie mir auf mein Zimmer. Ich bin nicht gewohnt, meine Gemahlin um geheime Staatsgeschäfte wissen zu lassen.

Darum hat sich keine Frau zu bekümmern. Gnädiger Herr, antwortete der ehrwürdige Mann, ich dränge mich nie zu Familiengeheimnissen. Mein Amt ist Frieden zu verbreiten, Zwiespalt zu heilen, Buße zu predigen, und den Menschen zu lehren, daß er seine ungezähmten Leidenschaften bändige. Ich verzeihe Ihrer Hoheit, daß Sie mich so unfreundlich angeredet haben, ich weiß meine Schuldigkeit, und bin der Diener eines mächtigern Herrn als Manfred. Hören Sie, was der zu Ihnen spricht, durch meinen Mund. Manfred bebte vor Wuth und Schaam. Auf Hippolitens Antlitz lag Erstaunen und Ungeduld, zu erfahren wo dies hinauslaufen würde, und ihr Stillschweigen bewies deutlich, wie gehorsam sie gegen Manfred sey. Fräulein Isabelle, hub Geronimo wieder an, empfiehlt sich Ihren Hoheiten beiderseits; beiden dankt sie für die Liebe, die Sie ihr in dieser Burg erwiesen haben. Sie beklagt den Verlust Ihres Sohnes, und ihr eignes Unglück, daß sie nun nicht die Tochter so weiser und edler Fürsten wird, die sie immer als Eltern verehren will; sie betet, daß Ihre Eintracht und Glückseligkeit untereinander nie unterbrochen werde. (Manfred veränderte die Farbe) Da es ihr nun aber nicht länger möglich ist, Ihnen anzugehören, so ersucht sie um Ihre Einwilligung, daß sie an heiliger Stäte bleiben möge, bis sie Nachricht von ihrem Vater bekommen kann, oder durch die Gewißheit seines Todes, die Freyheit erhält, mit Einwilligung ihrer Vormünder, eine schickliche Heirath für sich zu treffen. Diese Einwilligung geb' ich niemals, sagte der Fürst; ich bestehe darauf, daß sie ohne Verzug in die Burg zurück kehre: ich muß ihren Vormündern für sie stehn, und werde sie in niemandes Gewahrsam dulden, als in der meinigen. Ihre Hoheit geruhen sich zu erinnern, versetzte der Mönch, ob das mit einigem Anstande hinführo geschehen kann? Ich brauche keinen Hofmeister, sagte Manfred erröthend. Isabellens Betragen giebt zu seltsamen Argwohn Anlaß, und der junge Bube, wenigstens ein Mitschuldiger ihrer Flucht, wo nicht deren Ursach – Deren Ursach? unterbrach ihn Geronimo. War ein junger Mann deren Ursach? Ich ertrag' es nicht länger! rief Manfred. Darf ein unverschämter Pfaff, mir in meinem eignen Pallast Trotz bieten? Ich wette, Sie sind der Vertraute ihrer Liebeshändel. Wäre Ihre Hoheit nicht in Ihrem Gewissen überzeugt, sprach Geronimo, wie ungerecht Sie mich anklagen, so würd' ich zum Himmel beten, daß er Ihren lieblosen Verdacht aufkläre. Jetzt bete ich zum Himmel, daß er diese Lieblosigkeit vergebe. Und Ihre Hoheit beschwöre ich, die Prinzessin

friedlich an der heiligen Stäte zu lassen, wo sie der Störung nicht ausgesetzt ist, so eitles und weltliches Geschwätz anhören zu müssen, als die Liebeserklärungen eines Mannes sind. Predige mir nicht, sprach Manfred, sondern geh, und führe die Prinzessin zu ihrer Pflicht zurück. Es ist meine Pflicht, antwortete Geronimo, mich ihrer Rückkehr hieher zu widersetzen. Wo sie ist, sind Waisen und Jungfrauen am besten verwahrt, vor den Schlingen und Tücken dieser Welt; und keine Macht, als die eines Vaters, soll sie von dort hinwegnehmen. Ich bin ihr Vater, schrie Manfred, und fordre sie! Sie wünschte Ihre Hoheit zum Vater zu haben, erwiederte der Mönch, aber der Himmel, der dieses Band untersagte, hat jede Verbindung unter Ihnen auf ewig zerrissen, und ich erkläre Ihnen, gnädiger Herr – Halt ein, Verwegner, unterbrach ihn Manfred, und fürchte meinen Zorn! Ehrwürdiger Vater, sprach Hippolite, es ist Ihr Amt, niemands zu schonen. Sie reden nach Ihrer Pflicht. Meine Pflicht aber ist es, nichts zu hören, als was mein Gemahl will, daß ich hören soll. Folgen Sie dem Fürsten auf sein Zimmer. Ich will mich im Gebet nieder werfen, und die hochgebenedeyte Jungfrau anrufen, Sie mit ihrem heiligen Rath zu erfüllen, und dem Herzen meines gütigen Gebieters, seinen gewohnten Frieden und Sanftmuth wieder zu geben. Gott segne Ihre Hoheit, antwortete der Mönch. – Gnädiger Herr, ich folge Ihnen, wohin Sie befehlen.
Manfred ging mit dem Mönch in sein Gemach, und zog die Thür hinter sich zu. Vater, sagt' er, ich merke wohl, Isabelle hat Sie von meiner Absicht unterrichtet. Hören Sie jetzt meinen Entschluß, und gehorchen. Staatsgründe, dringende Gründe, meine und meines Volkes Wohlfahrt erfordern, daß ich einen Sohn erhalte. Vergeblich erwart' ich einen Erben von Hippoliten. Ich habe Isabellen gewählt. Sie müssen sie zurückbringen. Sie müssen mehr thun. Ich kenne Ihren Einfluß auf Hippoliten, ihr Gewissen steht in Ihrer Hand. Ich gestehe Ihnen, es ist ein Weib ohne Fehler; ihre Seele trachtet nach dem Himmel, und verschmäht die kleinliche Größe dieser Welt. Sie können sie gänzlich davon abziehen. Ueberreden Sie sie, in unsre Ehescheidung zu willigen, und sich in ein Kloster zu begeben. Sie soll eines stiften, wenn sie will. Auch soll es ihr nicht an Mitteln gebrechen, so freygebig gegen Ihren Orden zu seyn, als Sie beide wünschen können. Auf diese Weise werden Sie das Unglück ab wenden, das über unsern Häuptern hängt, und sich das Verdienst erwerben, das Fürstenthum Otranto vom Untergange zu retten. Sie sind ein kluger Mann.

Die Aufwallung meines Bluts verführte mich zu unschicklichen Ausdrücken, aber ich ehre Ihre Tugend, und wünsche Ihnen die Ruhe meines Lebens, und die Erhaltung meines Stammes, zu verdanken. Des Himmels Wille geschehe! sprach der Mönch. Ich bin nur sein unwürdiges Werkzeug. Er bedient sich meiner Zunge, Fürst, Ihnen zu sagen, daß Ihr Vorhaben unverantwortlich sey. Die Leiden der tugendhaften Hippolite sind vor den Thron der Gnade gedrungen. Ich bestrafe Sie, um Ihrer ehebrecherischen Absicht willen, sie zu verstoßen; ich warne Sie, die blutschänderische Nachstellung derjenigen aufzugeben, die Ihnen als Tochter versprochen war. Der Gott, der sie Ihrer Wuth entzog, als sein Gericht, das so kürzlich Ihr Haus betroffen hatte, Sie zu andern Gedanken auffordern sollte, wird auch fernerhin sie bewachen. Ich selbst, ein armer verachteter Klosterbruder, bin im Stande sie vor Ihrer Gewalt zu schützen. Ich sündiger Mensch, und lieblos von einem Fürsten geschmäht, als wär' ich der Mitschuldige solcher Liebeshändel, verachte die Bestechung, womit Sie sich einfallen lassen, meine Rechtschaffenheit zu versuchen. Ich liebe meinen Orden, ich schätze andächtige Seelen, ich verehre die Gottesfurcht der Fürstin; aber nie werde ich das Vertrauen hintergehen, daß sie in mich setzt; oder selbst der Sache der Religion, durch schändliche und sündige Gefälligkeit dienen. Warlich! die Wohlfahrt des Staats erfordert, daß Ihre Hoheit einen Sohn erhalten? Der Himmel spottet des kurzsichtigen Blickes der Menschen. Wessen Haus war noch gestern morgen so groß, so blühend als Manfreds? Wo ist jetzt der junge Corrado? Gnädiger Herr, ich ehre Ihre Thränen, ich wünsche nicht sie zu hemmen. Geben Sie Ihnen Raum, mein Fürst, sie sprechen lauter im Himmel, für die Wohlfahrt Ihrer Unterthanen, als eine Ehe, die auf fleischliche oder ehrgeizige Begierden gegründet, nie gedeihen kann. Der Scepter, der vom Stamm Alfonso's auf den Ihrigen kam, mag durch keine Verbindung erhalten werden, welche die Kirche nie gestatten wird. Ist es der Wille des Allmächtigen, daß Manfreds Nahme untergehe, so ergeben Sie sich in seinen Rathschluß, gnädiger Herr, und verdienen Sie dadurch eine Krone, die nicht entwendet werden kann. Kommen Sie, gnädiger Herr, diese Traurigkeit steht Ihnen wohl, lassen Sie uns zu der Fürstin zurück kehren; sie ist von Ihrem grausamen Vorhaben nicht unterrichtet, auch wollte ich nicht weiter gehn, als Sie besorgt machen. Sie sahen, mit wie sanfter Geduld, mit welcher Erhabenheit der Liebe, sie hörte, sie den Umfang Ihrer Schuld zu hören verwarf. Ich weiß, sie verlangt Ihre Hoheit in ihre Arme zu schließen, und Sie ihrer unwandelbaren Zuneigung zu versichern. Vater, sagte der Prinz, Sie mißverstehen meine Zerknirschung. Es ist wahr, ich ehre Hippolitens Tugenden, ich sehe auf sie als eine Heilige, und wünsche, es vertrüge sich mit dem Heil meiner Seele, das Band, das uns vereinigt, noch fester zu schlingen, – aber ach! Vater, Sie kennen meine bitterste Qual noch nicht! Es ist schon eine Weile her, daß ich über die Gesetzmäßigkeit unsrer Verbindung Gewissenszweifel habe. Hippolite ist mir im vierten Grade verwandt. Wir haben zwar darüber eine Erlassung. Ich muß aber erfahren, daß sie schon mit einem andern verlobt gewesen sey. Dies liegt mir schwer auf dem Herzen. Dieser widerrechtlichen Verheirathung schreib' ich die Strafe zu, womit Corrado's Tod mich heimsucht. Befreyen Sie mein Gewissen von dieser Last. Trennen Sie unsre Ehe, und vollenden Sie das gottselige Werk, daß Ihre Ermahnungen in meiner Seele begonnen haben.

Wie schneidend war die Betrübniß, die der gute Greiß empfand, als er diese Verkehrtheit des tückischen Fürsten gewahrte. Er zitterte vor Hippoliten, deren Verderben, wie er sah, beschlossen war; und fürchtete, wenn Manfred die Hofnung verlöre, Isabellen wieder zu erhalten, so mögte sein ungeduldiges Verlangen nach einem Sohn, ihn zu einem andern Gegenstande führen, welcher der Versuchung von Manfreds Rang nicht so leicht widerstände. Eine Zeitlang blieb der ehrwürdige Alte in Nachdenken verloren. Endlich fing er an, sich etwas Gutes von der Verzögerung zu versprechen, und hielt es für das weiseste, wenn Manfred nicht ganz die Hofnung verlöre, Isabellen wieder zu erhalten. Von ihr wuste der Mönch, da sie Hippoliten liebte, und ihm bezeugt hatte, wie sehr sie Manfreds Bewerbung verabscheue, er könne sie vermögen, seine Absichten zu unterstützen, bis man Zeit gewönne, den Kirchenbann gegen eine Ehescheidung schleudern zu lassen. In diesem Vorhaben sprach er endlich, als hätten des Fürsten Gewissenszweifel Eindruck auf ihn gemacht: Gnädiger Herr, ich habe Ihrer Hoheit Reden erwogen. Ist wirklich ein zartes Gewissen der Bewegungsgrund, der Sie Ihrer tugendhaften Gemahlin entfremdet, so sey es fern von mir, daß ich unternehmen sollte, Ich Herz zu verhärten. Die Kirche ist eine nachsichtige Mutter. Schütten Sie Ihren Kummer in ihren Schoos.

Nur sie kann Ihrer Seele Trost ertheilen, indem sie entweder Ihr Gewissen beruhigt, oder wenn sie Ihre Zweifel erheblich findet, Sie in Freyheit setzt, und Ihnen rechtmäßige Mittel verstattet, Ihren Stamm fortzupflanzen. Giebt im letztern Falle Fräulein Isabelle ihre Einwilligung – Manfred hielt dafür, er habe entweder den guten alten Mann überlistet, oder seine erste Aufwallung sey ein bloßer Zoll, den er dem Schein bezahlen müssen: daher war er mit dieser unvorbereiteten Wendung überaus vergnügt, und wiederholte die prächtigsten Versicherungen, falls es ihm durch des Mönchs Vermittelung gelingen sollte. Der wohlmeinende Geistliche ließ ihn sich selbst betrügen, fest entschlossen, seine Absichten zu vereiteln, anstatt sie zu unterstützen.

Da wir nun einander verstehn, Vater, hub der Fürst an, so erwarte ich, Sie werden mich über einen Punkt befriedigen. Wer ist der junge Bursche, den ich im Kreutzgange fand? Er muß Theil an Isabellen Flucht genommen haben. Sagen Sie mir die Wahrheit: ist er ihr Liebhaber? oder ist er der Abgesandte einer fremden Leidenschaft? Oft hab' ich geargwohnt, Isabelle sey unempfindlich gegen meinen Sohn. Mir schweben tausend Umstände vor, die diesen Argwohn vermehren. Sie war sich dessen selbst so wohl bewust, daß sie, da ich mit ihr in der Gallerie sprach, meinem Verdacht zuvorkam, und mir versicherte, sie sey nie kalt gegen Corrado gewesen. Der Mönch, dem von dem jungen Menschen nichts bekannt war, außer was er gelegentlich von der Prinzessin erfahren hatte, der ausserdem nicht wuste, was aus ihm geworden sey, und Manfreds heisses Blut nicht genugsam in Betrachtung zog, ließ sich einfallen: es mögte vielleicht nicht übel seyn, den Saamen der Eifersucht in seiner Seele auszustreuen. Der könne nachher zu einigem Nutzen heranreifen; entweder um den Fürsten gegen Isabellen einzunehmen, wenn er auf dieser Verbindung bestände; oder doch, um seine Aufmerksamkeit eine unrechte Fährte zu leiten, und dadurch, daß man seine Gedanken mit einem erträumten Handel beschäftige, ihn von irgend einer neuen Unternehmung abzubringen. Diese unglückliche Weltklugheit bewog ihn, auf eine Weise zu antworten, die Manfred in dem Glauben bestärkte, als sey zwischen Isabellen und dem Jüngling eine Verbindung. Der Fürst, dessen Leidenschaft nur wenig Zunder bedurfte, um in eine Flamme aufzulodern, ward wüthend bey dem Wink, welchen der Mönch ihm zu geben schien. Ich will diesen Schleicher bis auf den Grund kennen!

rief er, verließ Geronimo plötzlich, gebot ihm seiner Rückkehr zu warten, eilte in die große Halle der Burg, und befahl den Landmann vorzuführen.

Verstockter junger Betrüger! rief der Fürst dem Jüngling entgegen, sobald er ihn sah; wie besteht jetzt die Wahrhaftigkeit, mit der du dich brüstest? Waren es Vorsehung und Mondschein, die das Schloß der Fallthür dir offenbarten? Sage mir, verwegner Junge, wer bist du? wie lange bist du mit der Prinzessin bekannt? und hüte dich, nicht so zweydeutig zu antworten, als diese Nacht, oder die Marterbank soll dich Wahrheit reden lehren. Der Jüngling merkte, daß sein Antheil an der Flucht der Prinzessin entdeckt sey, und urtheilte, was er auch jetzt sage, könne ihr nicht mehr zum Vortheil oder zum Schaden gereichen. Er antwortete also: Gnädiger Herr, ich bin kein Betrüger, und verdiene keine Schmachreden. Jede Frage, die mir Ihre Hoheit diese Nacht vorlegten, habe ich so wahrhaftig beantwortet, als ich jetzt thun werde, und zwar nicht aus Furcht vor Martern, sondern weil meine Seele jede Falschheit verabscheut. Ich bitte Ihre Hoheit, Ihre Fragen zu wiederholen; ich bin bereit Ihnen genug zu thun, so viel in meiner Macht steht. Du weißt meine Fragen, versetzte der Prinz, und suchst nur Zeit für Ausflüchte zu gewinnen. Sprich grade heraus: wer bist du? und wie lange kennt dich die Prinzessin? Ich bin ein Feldarbeiter vom nächsten Dorf, antwortete der Jüngling; mein Nahme ist Theodor. Die Prinzessin fand mich verwichene Nacht im Kreuzgange: nie war ich zuvor in ihrer Gegenwart. Davon mag ich glauben, so viel mir beliebt, sprach Manfred; aber ich will deine Geschichte zu Ende hören, bevor ich ihre Wahrheit untersuche. Sprich weiter: welche Ursache führte die Prinzessin an, warum sie entfliehe? Dein Leben hängt von der Antwort ab. Sie sagte mir, erwiederte Theodor, sie stehe am Rande des Verderbens, und schwebe in Gefahr, in wenig Augenblicken auf ewig unglücklich zu werden, wenn sie nicht aus der Burg entrinnen könne. Und auf diesen schwachen Grund hin, auf die Aussage eines albernen Mädchens, sprach Manfred, wagtest du mir zu mißfallen? Ich fürchte niemandes Mißfallen, versetzte Theodor, wenn ein unglückliches Frauenzimmer sich meinen Schutz begiebt. Während dieses Verhörs ging Matilde in Hippolitens Gemach. An dem obern Ende der Halle, wo Manfred saß, war eine bedeckte Gallerie mit Gitterfenstern, durch welche Matilde und Bianca gehen musten.

Da sie ihres Vaters Stimme vernahm, und seine Diener um ihn versammelt sah, stand sie still, zu erfahren was es gäbe. Bald zog der Gefangene ihre Aufmerksamkeit an sich. Die feste und gesetzte Art, womit er antwortete, und der Edelmuth seiner letzten Erklärung, deren Worte das erste waren, was sie deutlich verstand, nahmen sie zu seinem Vortheil ein. Sein Wuchs war edel, schön, und selbst in dieser Lage ansehnlich, aber bald fiel ihr nichts so sehr auf, als sein Gesicht. Himmel! Bianca! träum' ich? sprach die Prinzessin leise, oder ist dieser Jüngling das wahre Ebenbild von dem Gemälde Alfonso's in der Gallerie? Sie konnte nicht weiter reden, denn ihres Vaters Stimme ward lauter bey jedem Wort. Diese Prahlerey sprach er, geht noch weiter als alle deine vorige Unverschämtheit. Du sollst den Zorn empfinden, dessen du zu spotten wagst. Greift ihn, fuhr Manfred fort, und bindet ihn. Die erste Neuigkeit, welche die Prinzessin erfährt, sey, daß er ihrentwegen den Kopf verloren habe! Die Ungerechtigkeit, die Sie sich gegen mich zu Schulden kommen lassen, erwiederte Theodor, überzeugt mich, daß ich eine gute That verrichtete, da ich die Prinzessin von Ihrer Tyranney befreyte. Möge sie glücklich seyn, was auch aus mir wird! Dies ist ein Liebhaber! rief Manfred wüthend. Solche Empfindungen hegt kein Bauer, wenn er dem Tode ins Gesicht sieht. Entdecke mir, rascher Knabe, wer du bist, oder die Folter soll dir das Geheimniß entreissen! Sie haben mich schon mit dem Tode bedroht, antwortete der Jüngling, weil ich Ihnen die Wahrheit sagte. Findet meine Aufrichtigkeit keine andre Ermunterung, so versucht mich das nicht, eitle Neugier weiter zu befriedigen. Du willst also nicht sprechen? fragte Manfred. Nein, erwiederte er. Führt ihn auf den Hofplatz, sprach Manfred. Man soll ihm sogleich das Haupt abschlagen. Matilde fiel bey diesen Worten in Ohnmacht. Bianca schrie: zu Hülfe! zu Hülfe! die Prinzessin stirbt! Manfred fuhr bey diesem Aufruf zusammen, und fragte, was es gäbe? Der junge Landmann hörte ihn auch, ward mit Grausen erfüllt, und fragte eifrig eben das. Aber Manfred befahl, ihn schleunigst in den Hof hinabzuführen, und dort alles zu seiner Hinrichtung bereit zu halten, bis er die Ursache von Bianca's Geschrey erfahren haben werde. Als er hörte, was es bedeute, nannte er es eine Anwandlung weibischen Schreckens, befahl, Matilden in ihr Gemach zu bringen, eilte auf den Hof, rief einen von seiner Wache, und gebot Theodoren nieder zu knien, daß er den Todesstreich empfänge.

Der unerschrockene Jüngling hörte dies Urtheil, mit einer Ergebung, die jedes Herz rührte, außer Manfreds. Er wünschte sehnlichst zu wissen, was die Worte bedeuteten, womit man der Prinzessin erwähnte; aber er gab es auf, aus Besorgniß, den Tyrannen noch mehr gegen sie aufzubringen. Nur eine Gnade, ließ er sich herab, zu erbitten, daß man ihm einen Beichtiger erlauben möge, um sich mit dem Himmel versöhnen zu können. Manfred hofte durch den Beichtvater, die Geschichte des Jünglings zu erfahren, und bewilligte diese Forderung gern. Aus Ueberzeugung, daß Vater Geronimo es jetzt mit ihm halte, befahl er ihn zu rufen, daß er des Gefangenen Beichte höre. Der ehrwürdige Mann, der nichts weniger vorhergesehen hatte, als daß seine Unvorsichtigkeit zu einem solchen Ausgange führen würde, fiel dem Fürsten zu Füssen, und beschwor ihn auf die feyerlichste Weise, unschuldiges Blut nicht zu vergiessen. Er klagte sich mit den bittersten Ausdrücken der Unbedachtsamkeit an, versuchte den Jüngling zu entschuldigen, und ließ nichts unerprobt, die Wuth des Tyrannen zu mildern. Manfred vielmehr aufgebracht, als zufrieden gesprochen, durch Geronimo's Vermittelung, dessen Widerruf ihn jetzt argwöhnen ließ, daß er von beyden hintergangen sey, befahl dem Mönch, seine Schuldigkeit zu thun, und setzte hinzu, er wolle dem Gefangenen nicht viele Minuten Zeit lassen, seine Sünden zu bekennen. Auch bedarf ich dazu nicht vieler, gnädiger Herr, sagte der unglückliche junge Mann. Die Zahl meiner Sünden, ist, Dank dem Himmel! nicht ansehnlich, noch sind sie schwerer, als man bey meinen Jahren erwarten kann. Trocknen Sie Ihre Zähren, guter Vater, und lassen Sie uns eilen. Dies ist eine böse Welt, und ich habe keine Ursach, sie ungern zu verlassen. Armer Jüngling! sprach Geronimo: wie kannst du meinen Anblick geduldig ertragen? Ich bin dein Mörder. Ich habe diese Stunde des Verderbens über dich gebracht! Ich vergebe Ihnen von Herzen, sagte der Jüngling, wie ich hoffe, daß mein himmlischer Vater mir vergeben wird. Hören Sie meine Beichte, Vater, und geben Sie mir Ihren Seegen. Wie kann ich dich, sprach Geronimo, meiner Pflicht gemäß, zu diesem Uebergange vorbereiten? Du kannst nicht selig werden, wenn du deinen Feinden nicht vergiebst: kannst du dem grausamen Fürsten dort vergeben? Ich kann es, antwortete Theodor, ich vergeb' ihm. Erweicht dies Ihrer Hoheit Strenge nicht? fragte Geronimo. Ich sandte dich, ihn Beichte zu hören, sprach Manfred unerschüttert, nicht seinen Anwald zu machen.

Du hast mich zuerst gegen ihn aufgehetzt, sein Blut komm' über dich! Das wird es, das wird es, sprach der Geistliche, der vor Schmerz beynahe versank. Sie und ich dürfen niemals hoffen, dahin zu gehen, wohin dieser gesegnete Jüngling geht. Eile! befahl ihm Manfred, Pfaffenthränen rühren mich so wenig, als Weibergeschrey. Ist es möglich? sagte der Jüngling, ist das Schicksal ganz so unbarmherzig, als ich vernehme? ist die Prinzessin wieder in Ihrer Gewalt? Du weckst meinen Zorn, sprach Manfred. Bereite dich, dies ist dein letzter Augenblick! Der Jüngling fühlte seinen Unwillen empor streben, aber ihn jammerte des Kummers, den er über alle Umstehende, wie über den Klosterbruder verbreitet sah, darum unterdrückte er diese Aufwallung, zog seine Weste aus, öfnete seinen Hemdekragen, und kniete nieder zum Gebet. Da er sich bückte, glitt ihm das Hemd die Schulter herab, und enthüllte das Mahl eines blutigen Pfeils. Gütiger Himmel! rief der ehrwürdige Alte mit Entsetzen, was seh' ich? es ist mein Sohn! mein Theodor!

Den Eindruck welchen dies machte, muß man fühlen. Wer kann ihn beschreiben? Die Thränen derer, die dabey standen, waren mehr durch Verwunderung aufgehalten, als durch Freude erstickt. Es schien, als forschten sie in den Augen ihres Herrn, was sie fühlen sollten. Ueberraschung, Zweifel, Zärtlichkeit und Ehrfurcht, wechselten in des Jünglings Antlitz. Mit bescheidener Demuth nahm er die Ergießung der Zähren und Umarmungen des Alten auf. Doch scheute er sich, der Hofnung den Zügel schießen zu lassen. Was vorgegangen war, ließ ihn argwöhnen, Manfreds Stimmung wäre nicht zu beugen. Er warf einen fragenden Blick auf den Prinzen: bleibst du bey diesem Auftritt unbewegt?

Manfreds Herz war fähig gerührt zu werden. Sein Zorn wich dem Erstaunen, aber sein Stolz verbot ihm, diese Empfindungen zu gestehn. Es fiel ihm sogar ein, die Erkennung sey vielleicht nur eine List, deren der Mönch sich bediene, den Jüngling zu retten. Was soll das bedeuten? fragt' er. Wie kann er Ihr Sohn seyn? Besteht es mit Ihrem Amt, und dem Geruch Ihrer Heiligkeit, den Sohn eines Bauren für die Frucht Ihrer zügellosen Liebe zu erkennen? O Gott! erwiederte der Alte, zweifelt Ihre Hoheit, ob er mir angehört? Könnte ich die Beklemmung empfinden, die ich fühle, wenn ich nicht sein Vater wäre? Schonen Sie seiner, guter Fürst, schonen Sie seiner. Setzen Sie mich so tief herab, wie Sie wollen. Schonen Sie seiner, schonen Sie seiner, gnädiger Herr, riefen die Umstehenden, um des guten alten Mannes willen! Schweigt! sprach Manfred störrig, ich muß mehr wissen, bevor ich geneigt werde zu vergeben. Eines Heiligen Bankert mag kein Heiliger seyn! Gnädiger Herr, sprach Theodor, häufen Sie nicht Beleidigung mit Grausamkeit. Bin ich der Sohn dieses ehrwürdigen Mannes, so fließt edles Blut in meinen Adern, wenn gleich kein Fürstenblut. – Ja, es ist edles Blut, unterbrach ihn der Mönch, er ist nicht der Verworfne, Gnädiger Herr, für den Sie ihn halten. Er ist aus rechtmäßiger Ehe von mir erzeugt, und Sicilien kennt wenig ältere Geschlechter, wie das Haus Falconara. Aber ach! gnädiger Herr, was ist Blut, was ist Adel? Wir alle sind kriechende, elende, sündenvolle Geschöpfe. Nur Gottesfurcht allein vermag uns über den Staub empor zu heben, aus dem wir genommen wurden, und zu dem wir zurückkehren müssen. – Schenken Sie mir die Predigt, sprach Manfred, Sie vergessen, daß Sie nicht länger Bruder Geronimo sind, sondern Graf Falconara. Lassen Sie mich Ihre Geschichte erfahren. Himmlische Weisheit können Sie in der Folge genug anbringen, wenn es Ihnen etwa nicht gelingt, diesem hartnäckigen Verbrecher Gnade auszuwürken. Heilige Mutter! sagte der Mönch, würden Ihre Hoheit einem Vater das Leben seines einzigen, seines lange verlohrnen Sohnes abschlagen? Treten Sie mich mit Füssen, gnädiger Herr, verachten Sie mich, verschmähen Sie mich, nehmen Sie mein Leben für das seinige, nur verschonen Sie meinen Sohn. Können Sie also fühlen, fragte Manfred, wie es thut, wenn man seinen einzigen Sohn verliert? Noch vor einer Stunde predigten Sie mir vor, dem meinigen zu entsagen. Mein Haus darf untergehn, wenn es dem Schicksal so gefällt, aber das Gräfliche Falconara – Ach, gnädiger Herr! antwortete Geronimo, ich gestehe, ich habe Ihre Hoheit beleidigt; aber erschweren Sie nicht die Leiden eines alten Mannes. Ich rühme mich meines Geschlechtes nicht, über solche Eitelkeiten bin ich hinaus, aber die Natur spricht in mir, für diesen Jüngling. Für ihn spricht das Gedächtniß des theuren Weibes, das ihn gebahr – sage mir Theodor, lebt sie noch? Ihre Seele ist lange bey den Auserwählten, erwiederte Theodor. O wie ist sie gestorben? rief Geronimo, erzähle mir – aber nein! sie ist wohl daran, und du bist in Lebensgefahr. – Gnädiger Herr, mein gebietender Fürst, wollen mir, wollen mir Ihre Hoheit das Leben meines armen Jungen schenken?

Gehn Sie in Ihr Kloster, antwortete Manfred, führen Sie mir die Prinzessin zu, befolgen Sie den andern Auftrag, den ich Ihnen gab, und ich verspreche Ihnen das Leben Ihres Sohnes. O! gnädiger Herr, sprach Geronimo, soll ich meine Rechtschaffenheit ihm zum Lösegeld weggeben? Mir zum Lösegeld! rief Theodor. Lassen Sie mich tausendmal sterben, ehe Sie Ihr Gewissen beflecken? Was verlangt der Tyrann? Ist die Prinzessin noch vor ihm bewahrt? Schützen Sie die mein Vater, und das ganze Gewicht seines Zorns treffe mich! Geronimo versuchte, der Heftigkeit des Jünglings einzuhalten, und ehe Manfred etwas erwiedern konnte, hörte man Rosse stampfen, und eine eherne Drommete, die ausserhalb des Schloßthores hing, ertönte zugleich. In dem nemlichen Augenblick bewegten sich die schwarzen Federn des bezauberten Helms, der immer noch am andern Ende des Hofes lag, wie im Sturm, und nickten dreymal, als habe sie ein unsichtbarer Träger erschüttert.

Dritter Abschnitt.

Bange Ahndungen durchschauerten Manfreds Seele, als er den Federbusch der wundersamen Sturmhaube, bey dem Schall der ehernen Drommete erbeben sah. Vater, sprach er zu Geronimo, den er nicht länger als Grafen Falconara behandelte, was bedeuten diese Schreckenszeichen? Hab' ich gesündigt – Die Federn bewegten sich heftiger als zuvor. Ich bin verloren! rief Manfred. Ehrwürdiger Vater, unterstützen Sie mich mit Ihrem Gebet. Gnädiger Herr, antwortete Geronimo, der Himmel ist ohne Zweifel aufgebracht, daß Sie seiner Diener spotten. Unterwerfen Sie sich der Kirche, und hören Sie auf, ihre Gesandten zu verfolgen. Entlassen Sie diesen unschuldigen Jüngling. Lernen Sie meinen heiligen Stand achten. Sie sehn, der Himmel läßt nicht mit sich scherzen. Ich erkenne meine Uebereilung, sprach Manfred. Vater, gehn Sie an das Pförtchen, und fragen Sie, wer vor dem Thor ist. Versprechen Sie mir Theodors Leben? versetzte der Mönch. Ich versprech' es, antwortete Manfred, aber fragen Sie, wer draußen ist? Geronimo fiel um den Hals seines Sohnes, eine Thränenflut entströmte der Fülle seines Herzens. Sie versprachen mir an das Thor zu gehn, sagte Manfred. Ich dachte, erwiederte der Mönch, Ihre Hoheit würden mir verzeihen, daß ich Ihnen zuvor, durch den Zoll meines Herzens, dankte. Gehn Sie, theurer Vater, sagte Theodor, gehorchen Sie dem Fürsten. Ich verdiene nicht, daß Sie meinetwegen sein Verlangen verzögern.

Geronimo erhielt auf seine Frage: wer draußen sey? zur Antwort, ein Herold. Von wem? fragte er weiter. Von dem Ritter des Riesensäbels, sprach der Herold; zu dem muß ich reden, der unrechtmäßig Otranto besitzt. Geronimo kam zu dem Fürsten zurück, und unterließ nicht, ihm die Bothschaft in den Ausdrücken, wie er sie empfangen hatte, auszurichten. Die ersten Worte fielen Manfred fürchterlich auf, aber der Vorwurf des unrechtmässigen Besitzes, fachte seine Wuth wieder an, und belebte seinen Muth aufs neue. Unrechtmäßig! rief er – wer ist der Unverschämte, der meine Rechte anfechten darf? Gehn Sie Vater, dies ist keine Mönchsarbeit, ich selbst will mich dem Uebermüthigen entgegen stellen. Gehn Sie in Ihr Kloster, und bereiten sich, mir die Prinzessin zurück zu schicken. Ihr Sohn bleibt hier, als Geisel Ihrer Treue. Von Ihren Gehorsam hängt sein Leben ab. Guter Gott! gnädiger Herr! rief Geronimo, vor einem Augenblick vergaben Ihre Hoheit meinen Sohn unbedingt: haben Sie sobald der Zeichen des Himmels vergessen? Der Himmel, erwiederte Manfred, sendet keinen Herold, die Rechte eines gesetzmäßigen Fürsten in Anspruch zu nehmen. Ich zweifle sogar, ob er einem Klosterbruder aufträgt, seinen Willen kund zu thun; aber das ist Ihre Sache, nicht die meinige. Jetzt wissen Sie meinen Willen, und bringen Sie mir die Prinzessin nicht zurück, so rettet kein vorlauter Herold Ihren Sohn. Vergeblich versuchte der ehrwürdige Greis, etwas hierauf zu erwiedern. Manfred ließ ihn zum hintern Thor geleiten, und von der Burg ausschließen. Einigen seiner Bedienten befahl er, Theodoren in das obere Geschoß des schwarzen Thurms zu führen, und strenge zu bewachen. Kaum erlaubte er, daß sich Vater und Sohn beym Abschied umarmen durften. Dann begab er sich in die Halle, setzte sich nieder in fürstlichem Staat, und befahl, daß man den Herold vorführe.

Nun, Plaudermaul! sagte Manfred, was willst du von mir? Ich komme, erwiederte der Herold, zu Manfred, dem unrechtmässigen Besitzer des Fürstenthums Otranto, von Seiten des berühmten unüberwindlichen Ritters, Ritters vom Riesensäbel; im Namen seines Herrn, Friedrichs Markgrafen von Vicenza: er fordert die Prinzessin Isabelle, Tochter dieses Fürsten, deren du dich niederträchtiger und verrätherischer Weise bemächtigt hast, da du ihre treulosen Vormünder, in seiner Abwesenheit, bestachst; er fordert, daß du das Fürstenthum Otranto aufgebest, das du besagtem Fürsten Friedrich, dem nächsten Blutsverwandten seines letzten rechtmäßigen Besitzers, Alfonso des Guten, widerrechtlicher Weise vorenthältst. Thust du diesen gerechten Ansprüchen nicht augenblicklich Genüge, so fordert er dich auf zum Zweykampf, bis auf den letzten Tropfen deines Bluts. So sprach der Herold, und warf seinen Stab vor ihm hin.

Wo ist der Prahlhans, der dich sendet? fragte Manfred. Eine Stunde von hier, antwortete der Herold; er kommt, seines Herrn Forderungen gegen dich zu behaupten, so wahr er ein rechtschaffener Ritter ist, du aber ein unrechtmässiger Besitzer und Räuber. So beleidigend diese Herausforderung war, überlegte Manfred doch, daß es nicht gut für ihn sey, den Markgrafen zu reizen. Er wuste, wie wohl gegründet Friedrichs Ansprüche waren, und hatte nicht erst jetzt das erste Wort davon gehört. Seit Alfonso der Gute, ohne Nachkommenschaft gestorben war, hatten Friedrichs Vorfahren den Titel, Fürsten von Otranto, angenommen. Nur waren Manfred, sein Vater, und Großvater zu mächtig gewesen, als daß das Haus von Vicenza sie aus dem Besitz hätte vertreiben können. Friedrich, ein tapfrer und verliebter junger Fürst, heirathete eine schöne junge Prinzessin, die er herzlich liebte. Sie starb im Kindbett mit Isabellen. Ihr Tod rührte ihn so sehr, daß er das Kreutz nahm, und ins gelobte Land ging, wo er in einem Treffen gegen die Ungläubigen verwundet, gefangen, und tod gesagt ward. Als diese Post zu Manfreds Ohren kam, bestach er die Vormünder der Donna Isabella, sie ihm, als Braut seines Sohnes Corrado, in die Hände zu liefern. Durch diese Verbindung nahm er sich vor, die Ansprüche beyder Häuser zu vereinigen. Dieser Bewegungsgrund hatte, da Corrado starb, seinen schleunigen Entschluß hervorgebracht, sie selbst zu heirathen; und eben diese Betrachtung bestimmte ihn jetzt, zu versuchen, ob er nicht Friedrichs Einwilligung zu dieser Heyrath erhalten könne. Eben diese Absicht gab ihm den Gedanken ein, Friedrichs Ritter in die Burg zu laden, damit er Isabellens Flucht nicht erführe, deren, gegen jemand aus des Ritters Gefolge, zu erwähnen, er seinen Hausleuten strenge verbot.

Herold, sprach Manfred, sobald seine Ueberlegung zur Reife gediehen war, kehre zurück zu deinem Herrn, und sag' ihm, ehe wir mit dem

Schwerdt unsern Zwiespalt schlichten, wolle Manfred sich mit ihm besprechen. Heiß ihn willkommen in meiner Burg, wo er bey meiner Treue, so wahr ich ein rechtschaffener Ritter bin, freundschaftliche Aufnahme finden soll, und völlige Sicherheit für sich und sein Gefolge. Können wir unsern Streit nicht friedlich vertragen, so schwör' ich, er soll ungekränkt von dannen ziehn, und volle Genugthuung erhalten, nach Waffenrecht und Sitte. So helfe mir Gott und seine heilige Dreyfaltigkeit! Der Herold verbeugte sich dreymal und ging.

Während dieses Gehörs, ward Geronimo's Seele durch tausend widersprechende Gefühle bekämpft. Er zitterte für das Leben seines Sohnes, und ließ sich zuerst einfallen, Isabellen zu bereden, in die Burg zurück zu kehren. Doch war er kaum weniger beunruhigt, wenn er sich ihre Verbindung mit Manfred dachte. Er fürchtete Hippolitens gränzenlose Ergebung in den Willen ihres Gemahls; und obwohl er nicht zweifelte, er möge, sobald man ihm Zutritt zu ihr gestatte, ihrer Frömmigkeit zur Sünde machen, in eine Ehescheidung zu willigen; so besorgte er doch, es könne Theodoren verderblich werden, wenn Manfred bemerkte, er gebe den Widerstand ein. Er war ungeduldig zu wissen, woher der Herold komme, der Manfreds Rechte mit so weniger Schonung in Zweifel zog; und wagte doch nicht, sich aus dem Kloster zu entfernen, damit es Isabelle nicht verlasse, und ihre Flucht ihm zugerechnet werde. Trostlos kehrte er zu seiner Klause zurück, unschlüssig, welche Maasregeln zu ergreifen. Ein Mönch, der ihm im Vorhause begegnete, bemerkte die Schwermuth auf seinem Gesicht, und fragte: Ach! Bruder, ist es denn wahr, daß wir unsere trefliche Fürstin Hippolite verloren haben? Der ehrwürdige Greis erschrack und rief: was meinst du Bruder? Ich komme diesen Augenblick von der Burg, und habe sie vollkommen gesund verlassen. Martelli, erwiederte der andre Klosterbruder, ging auf seinem Wege vom Schlosse, vor einer Viertelstunde das Kloster vorbey, und erzählte, daß Ihre Hoheit gestorben sey. Alle unsre Brüder sind auf dem Chor versammelt, einen glücklichen Hingang in jenes Leben für sie zu erbeten, und trugen mir auf, deiner Ankunft zu warten. Sie kennen deine heilige Liebe für die gute Dame, und sind sehr besorgt, wegen der Betrübniß, worin dich ihr Verlust versetzen wird. In der That, wir haben allerseits Ursache zu weinen, sie war eine Mutter gegen unser Haus. Aber dies Leben ist nichts als eine Pilgerreise, wir müssen nicht murren, wir folgen alle! unser Ende sey wie das ihre!

Guter Bruder, du träumst, sprach Geronimo: ich sage dir, ich komme aus der Burg, und verließ die Fürstin gesund. Wo ist Fräulein Isabelle? Die arme Dame! versetzte der Klosterbruder. Ich erzählte ihr die traurige Nachricht, und bot ihr geistlichen Trost an. Ich erinnerte sie, wie flüchtig das Leben sey, und rieth ihr, sich einzukleiden. Ich verwieß sie, auf das Beyspiel, der heiligen Fürstin Sancia von Arragonien. – Dein Eifer ist zu loben, erwiederte Geronimo mit Ungeduld, aber jetzt war er unnöthig. Hippolite ist wohl, wenigstens hoffe ich das zu Gott, ich vernahm nichts vom Gegentheil – freylich könnte das Verlangen des Fürsten – wohl, Bruder, wo ist Donna Isabella? Ich weiß nicht, antwortete der Klosterbruder, sie weinte sehr, und sprach, sie wolle auf ihr Zimmer gehn. Sogleich verließ Geronimo seinen Mitbruder, und eilte zur Prinzessin, allein sie war nicht auf ihrem Zimmer. Er fragte die Bedienten des Klosters, konnte aber nichts von ihr erfahren. Vergeblich suchte er die klösterlichen Gebäude und die Kirche durch, und schickte Boten in der Nachbarschaft herum, zu erforschen, ob man sie gesehn habe. Es war alles umsonst. Nichts glich der Verlegenheit des guten Alten. Er urtheilte, daß Isabelle, argwöhnend, Manfred habe seiner Gemahlin Tod befördert, fortgeschreckt sey, und eine geheime Stäte gesucht habe, sich dort zu verbergen. Diese neue Flucht werde die Wuth des Fürsten aufs höchste treiben. Die Nachricht von Hippolitens Tode, wiewohl sie beynahe unglaublich schien, vermehrte seine Bestürzung: und obgleich Isabellens Entweichung ihre Abneigung gegen Manfreds Hand bewies, konnte Geronimo darüber keinen Trost empfinden, weil sie seines Sohnes Leben in Gefahr setzte. Er entschloß sich, zu der Burg zurück zu kehren, von mehreren seiner Brüder begleitet, um seine Unschuld vor Manfred zu bezeugen, und im Fall der Noth, mit ihm für Theodor zu reden.

Unterdes war der Fürst in den Hof hinabgegangen, und hatte befohlen, die Thore der Burg zu öfnen, zum Empfang des fremden Ritters und seines Gefolges. Wenige Minuten darauf kam der Zug heran. Zuerst erschienen zwey Quartiermeister mit Stäben. Darauf der Herold mit zwey Edelknaben und zwey Trompetern. Darauf hundert Fußknechte, dann hundert Reiter. Hinter ihnen funfzig Bediente, gekleidet in des Ritters Livrey, scharlach und schwarz. Dann ein Handpferd. Ein Cavalier zu Pferde, mit zwey Herolden an jeder Seite, ein Panier mit den verbundenen Wapen von Vicenza und Otranto tragend. –

Dieser Umstand war für Manfred sehr beleidigend, doch unterdrückte er seine Empfindlichkeit. Des Ritters Beichtvater, der seinen Rosenkranz betete. Funfzig andre Bediente, gekleidet wie die ersten. Zween Ritter in völliger Waffenrüstung, das Visir niedergeschlagen, Gefährten des vornehmsten Ritters. Ihre Waffenträger, mit Schilden und Waffenzeichen. Des Ritters Waffenträger. Hundert Männer, die ein ungeheures Schwerd trugen, und unter seinem Gewicht fast zu erliegen schienen. Der Ritter selbst, auf einem kastanienbraunen Zelter, vom Kopf bis zu Fuß bewafnet, den Speer in Ruhe, das Antlitz vom Visir ganz bedeckt, auf seinem Helm einen breiten Busch scharlachrother und schwarzer Federn. Funfzig Fußknechte mit Trommeln und Trompeten schlossen den Zug, der sich rechts und links schwenkte, um dem vornehmsten Ritter Platz zu machen.

Wie er an das Thor kam, hielt er inne, der Herold ritt vor, und laß die Worte der Aufforderung noch einmal. Manfreds Augen starrten hin auf das Riesenschwerd, kaum schien er das Cartel zu achten. Aber bald ward seine Aufmerksamkeit durch einen Sturmwind unterbrochen, der sich hinter ihm erhob. Er wandte sich, und sah die Federn des bezauberten Helms eben so seltsamlich geschüttelt als zuvor. Nur Manfreds Unerschrockenheit vermogte, unter einem Zusammenfluß von Umständen nicht zu erliegen, die seinen Untergang zu verkündigen schienen. Er aber verschmähte, in Gegenwart fremder Leute, dem Muth untreu zu werden, welchen er immer bewiesen hatte, und sprach kühnlich: Herr Ritter, wer du auch seyst, ich heisse dich willkommen. Bist du von sterblichem Gehalt, so soll deine Tapferkeit ihres Gleichen finden. Und bist du ein rechtschaffener Ritter, so wirst du keine Zaubermittel anwenden wollen, zu deinem Zweck zu gelangen. Mag Himmel oder Hölle diese Vorbedeutungen senden, Manfred traut der Gerechtigkeit seiner Sache, und der Hülfe des heiligen Niklas, der von jeher sein Haus beschützte. Steig vom Pferde, Herr Ritter, und raste dich. Morgen sollen dir Schranken sonder Gefährde offen stehn, und der Himmel segne die gute Sache!

Der Ritter antwortete nicht, aber stieg ab, und Manfred führte ihn in die große Halle der Burg. Als sie durch den Hof gingen, stand der Ritter still, die große Wunderhaube anzustaunen, kniete nieder, und schien einige Minuten lang innerlich zu beten. Dann stand er auf, und winkte dem Fürsten, ihn weiter zu führen.

Sobald sie in die Halle traten, schlug Manfred dem Fremdling vor, sich zu entwafnen, aber der Ritter schüttelte den Kopf, in abschlägiger Antwort. Herr Ritter sprach Manfred, das ist nicht höflich; aber bey meiner Rittertreue, ich will Ihnen nichts in den Weg legen; noch sollen Sie Ursach haben, sich über Otranto's Fürsten zu beschweren. Ich hege keine verrätherische Absicht, und hoffe Sie gleichfalls sind rein davon. Nehmen Sie hier mein Pfand! (er gab ihm seinen Ring) Sie und Ihre Freunde sollen aller Rechte der Gastfreundschaft genießen. Ruhen Sie sich hier, bis man Erfrischungen herbeyträgt. Ich sorge nur für die Aufnahme Ihres Gefolges, und kehre zu Ihnen zurück. Die drey Ritter beugten sich, als nähmen sie seine Gastfreundschaft an. Manfred befahl, die Leute des Fremden zu einem naheliegenden Gasthause zu führen, von Fürstin Hippoliten zur Aufnahme der Pilgrimme gestiftet. Wie sie den Hof durchgingen, um zu dem Thor zu gelangen, entriß sich das Riesenschwert seinen Trägern, fiel neben dem Helm zu Boden, und blieb unbeweglich liegen. Manfred, nach gerade gegen übernatürliche Erscheinungen abgehärtet, besiegte auch den Anfall dieses neuen Wunderzeichens, kehrte in die Halle zurück, wo um diese Zeit das Mahl bereit war, und lud seine schweigenden Gäste ein, Platz zu nehmen. Sein hohes Herz war voll Kummer, doch suchte er die Fremden aufzuheitern. Er legte ihnen verschiedene Fragen vor, sie antworteten blos durch Zeichen. Sie erhoben ihre Visire nur so weit, daß sie wenig Speise zu sich nehmen konnten. Meine Herren, sprach der Fürst, von allen Gästen, die ich jemals innerhalb dieser Mauren bewirthete, sind Sie die ersten, die alle Unterredung mit mir ausschlagen. Ich meine, es mag sich wohl nicht oft zugetragen haben, daß Fürsten ihren Stand und ihre Würde, gegen Fremde und Stumme, wagen. Sie sagen, Sie kommen im Namen Friedrichs von Vicenza. Den hab' ich immer als einen wackern höflichen Ritter rühmen hören. Ich bin so dreist zu sagen, er würde sich nicht zu vornehm achten, ein gesellschaftliches Gespräch mit einem Fürsten zu führen, der seines Gleichen ist, und durch ritterliche Thaten nicht unbekannt. Sie verharren im Schweigen? Wohl, es sey darum! die Gesetze der Gastfreundschaft und Ritterehre machen Sie zu Herren unter diesem Dache. Verfahren Sie nach Ihrem Gefallen. Kommt! füllt mir einen Becher Weins! Sie werden doch nicht abschlagen, mir auf die Gesundheit Ihrer schönen Damen Bescheid zu thun? Der vornehmste Ritter seufzte, schlug das Zeichen des Kreuzes, und wollte vom Tisch aufstehn. – Herr Ritter, sagte Manfred, ich sprach nur im Scherz. Ich will Sie zu nichts zwingen. Thun Sie was Ihnen beliebt. Sind Sie zur Fröhlichkeit nicht gestimmt, so laß uns traurig seyn. Es steht Ihnen vielleicht besser an, von Geschäften zu reden? Wir wollen uns von hier begeben. Hören Sie dann, ob das, was ich Ihnen vorzuschlagen habe, vielleicht mehr nach Ihrem Geschmack ist, als meine vergeblichen Versuche, Ihnen die Zeit zu vertreiben.

Darauf führte Manfred die drey Ritter in ein inneres Zimmer, machte die Thür hinter ihnen zu, nöthigte sie zu sitzen, und wandte sich an den ersten unter ihnen.

Sie kommen, hör' ich, Herr Ritter, im Namen des Markgrafen von Vicenza, Donna Isabella, seine Tochter, wieder zu fordern, die mit Einwilligung ihrer gesetzmäßigen Vormünder, an heiliger Säte, meinem Sohn verlobt ward. Sie verlangen von mir, daß ich meine Besitzthümer Ihrem Oberherrn aufgebe, der sich den nächsten Blutsverwandten des hochseligen Fürsten Alfonso nennt. Ueber den letzten Punkt Ihres Antrages, will ich mich zuerst erklären. Sie müssen wissen, was Ihr Herr weiß: ich erhielt das Fürstenthum Otranto von meinem Vater Don Manuel, dem es sein Vater Don Riccardo hinterließ. Unser Vorgänger, Alfonso, starb kinderlos im gelobten Lande, und vermachte seine Staaten meinem Großvater, Don Riccardo, in Rücksicht seiner treugeleisteten Dienste. – Der Fremdling schüttelte den Kopf. – Herr Ritter, sprach Manfred mit Wärme, Riccardo war ein tapfrer aufrichtiger Mann, ein gottesfürchtiger Mann: das beweist seine prächtige Stiftung, der nah gelegenen Kir che und zweyer Klöster. Der heilige Niklas war sein besonderer Schutzpatron. Mein Großvater war unfähig, – Herr, sag' ich, Don Riccardo war unfähig, – Verzeihen Sie, Sie haben mich unterbrochen, und dadurch außer Fassung gebracht. – Ich verehre das Andenken meines Großvaters. Wohl, meine Herren; er besaß dieses Fürstenthum, er besaß es durch sein gutes Schwerd, und durch die Gnade des heiligen Niklas. So besaß es mein Vater, und so werde ich es besitzen, komme was kommen will! Friedrich, Ihr Herr, ist der nächste Blutsverwandte? Ich bin zufrieden, über mein Recht das Schwerd entscheiden zu lassen. Geht darum meinem Recht etwas ab? Ich könnte fragen: wo ist Friedrich, Ihr Herr? Das Gerücht sagt, er sey in der Gefangenschaft gestorben. Sie sagen, Ihr Benehmen sagt, er lebt. Ich zweifle nicht daran. Ich könnte zwar, meine Herren, ich könnte. Aber ich zweifle nicht.

Andre Fürsten würden Friedrich auffordern, sein Erbtheil mit Gewalt hinzunehmen, wenn ers vermögte: sie würden ihren Stand nicht als Preis eines Zweikampfes aussetzen; ihn nicht der Entscheidung unbekannter Stummen überlassen! – Verzeihn Sie, meine Herren, ich werde zu heftig. Aber setzen Sie sich an meine Stelle. Sind Sie mannhafte Ritter, so muß es Ihren Zorn reizen, wenn man Ihre und Ihrer Vorfahren Ehre in Zweifel zieht. Aber zum Zweck. Sie verlangen, daß ich Donna Isabella herausgebe. Meine Herren, ich muß fragen, haben Sie Vollmacht sie in Empfang zu nehmen? Der Ritter nickte mit dem Kopf. Sie in Empfang zu nehmen, fuhr Manfred fort, wohl! Sie haben Vollmacht, Sie in Empfang zu nehmen! aber, lieber Herr Ritter, darf ich fragen, ist diese Vollmacht auch hinreichend? Der Ritter nickte. Gut, sagte Manfred, so hören Sie mein Anerbieten. Sie sehn, meine Herren, den allerunglücklichsten Menschen vor sich. (Thränen traten in seine Augen) Schenken Sie mir Ihr Mitleid. Ich verdien' es. Ich habe ein Recht darauf. Wissen Sie, meine einzige Hofnung, meine Freude, die Stütze meines Hauses ist dahin. Corrado starb gestern Abend. – Die Ritter bezeugten Verwunderung. Ja, meine Herren, das Schicksal hat meinen Sohn hinweggenommen. Isabelle ist frey – Sie geben Sie zurück? rief der erste Ritter, und brach das Schweigen. Vergönnen Sie mir Geduld, sprach Manfred. Ich freue mich, an diesem Beweise Ihres guten Willens zu erkennen, daß sich die Sache ohne Blutvergießen beylegen läßt. Das wenige, was ich noch zu sagen habe, giebt mir kein Eigennutz ein. Sie sehn in mir einen Mann, der der Welt überdrüssig ist. Der Verlust meines Sohnes hat mich irdischen Sorgen entwendet. Macht und Größe sind nicht länger reizend in meinen Augen. Ich wünschte den Scepter, welchen ich von meinen Vorfahren mit Ehren empfangen hatte, auf meinen Sohn zu übertragen: – aber das ist vorbey. Selbst mein Leben ist mir so gleichgültig, daß ich Ihre Herausforderung mit Freuden annahm: ein guter Ritter kann sich dem Grabe nicht zufriedner nähern, als wenn er fällt in seinem Beruf. Ich unterwerfe mich dem Willen des Himmels, denn ach! meine Herren, ich bin mit vielem Kummer vermählt. Manfred ist kein Ziel des Neides. – Doch meine Geschichte ist Ihnen sicherlich bekannt? Der Ritter bezeugte seine Unwissenheit, und schien zu wünschen, daß Manfred fortfahren mögte. Ist es möglich, meine Herren, hub der Fürst wieder an, daß mein Schicksal Ihnen verborgen bleiben konnte? Haben Sie nichts von mir und der Fürstin Hippolite gehört? Sie schüttelten die

Köpfe. – Nicht? Nun, so verhält sich die Sache. Sie halten mich für ehrgeizig? Ehrgeiz ist leider aus rauherem Stoff zusammen gesetzt. Wär' ich ehrgeizig, ich hätte nicht, so viele Jahre hindurch, die ganze Hölle der Gewissenszweifel in meinem Busen getragen! Aber ich ermüde Ihre Geduld. Ich will kurz seyn. Wissen Sie also, lange hab' ich über meine Verbindung, mit der Prinzessin Hippolite, innere Anfechtung erduldet. O, meine Herren, daß Sie diese vortrefliche Dame kennten! daß Sie wüßten, wie ich sie anbete, gleich einer Geliebten, und ehre gleich einer Freundin! Aber der Mensch ward nicht zu vollkommenem Glück gebohren! Sie theilt meine Gewissenszweifel, und mit ihrer Einwilligung, habe ich unser Verhältniß der Kirche vorgelegt. Wir sind im verbotnen Grade verwandt. Jeden Augenblick erwarte ich das Endurtheil, das uns auf immer scheiden muß. Sie fühlen meinen Schmerz, ich sehe, Sie fühlen ihn, verzeihen Sie diese Thränen. Die Ritter sahen einander verwundert an, und begriffen nicht, wo das hinaus sollte. Manfred fuhr fort. Da mich in dieser Kümmerniß des Gemüths, der Tod meines Sohnes überraschte, dachte ich daran, meiner Regierung zu entsagen, und mich dem menschlichen Anblick auf ewig zu entziehn. Nichts machte mir Schwierigkeit dabey, als die Ernennung eines Nachfolgers, der mein Volk lieben würde, und die Versorgung der Prinzessin Isabelle, die mir theuer wie mein eignes Blut ist. Ich war willens, Alfonso's Stamm in seinem entferntesten Zweige wieder herzustellen. Da es aber, mit Ihrer Erlaubniß gesagt, einmal sein Wille war, Riccardo's Abkömmlinge an die Stelle seiner Verwandten zu setzen, wo soll ich jetzt diese Verwandten aufsuchen? Ich kenne nur einen, Friedrich, Ihren Herrn. Er ist ein Gefangener der Ungläubigen, oder tod. Lebte er aber auch, und wäre zu Hause, würde er den blühenden Staat Vicenza, um das unbedeutende Fürstenthum Otranto aufgeben? Wenn er es nicht würde, könnt' ich den Gedanken ertragen, einen harten fühllosen Statthalter, über mein armes treues Volk, gesetzt zu sehn? Ich liebe mein Volk, meine Herren, und bin, dem Himmel sey Dank! von ihm geliebt. Sie fragen, wohin diese lange Rede hinausläuft? Mit kurzen Worten, meine Herren, grade in dem Augenblick Ihrer Ankunft, scheint mir der Himmel einen Weg anzudeuten, allen diesen Schwierigkeiten und meinem Unglück abzuhelfen. Donna Isabella ist frey: bald bin ich es auch. Für das Glück meines Volks laß' ich mir alles gefallen.

Wäre es nicht das beste, das einzige Mittel, der Fehde unter unsern Geschlechtern ein Ende zu machen, wenn Donna Isabella meine Gemahlin würde? Sie stutzen. Hippolitens Tugenden werden mir immer theuer bleiben, aber ein Fürst muß nicht auf seine Person sehn.

Für sein Volk gebohren, – Indem trat ein Bedienter ins Zimmer, Manfred anzusagen, daß Geronimo und verschiedne seiner Ordensbrüder augenblicklich vorgelassen zu werden begehrten.

Diese Unterbrechung mißfiel dem Fürsten. Er besorgte, der Mönch mögte den Fremden entdecken, daß sich Isabelle an heilige Stäte geflüchtet habe, und wollte schon Geronimo den Eintritt untersagen lassen. Da fiel ihm ein, er sey sicherlich gekommen, der Prinzessin Rückkehr zu berichten, und so fing Manfred an, sich gegen die Ritter zu entschuldigen, daß er sie auf einige Augenblicke verlassen müsse, als die Mönche zu ihnen hereintraten. Manfred fuhr sie für diese Zudringlichkeit zornig an, und hätte sie gern wieder aus dem Zimmer heraus gedrängt, aber Geronimo war zu sehr bewegt, sich zurück stoßen zu lassen. Laut erklärt' er Isabellens Flucht, und betheuerte, er sey unschuldig daran. Manfred, außer sich über diese Nachricht, wie nicht minder darüber, daß sie den Fremden zu Ohren kam, stieß nun unzusammenhängende Reden aus: bald Vorwürfe gegen den Mönch, bald Entschuldigungen gegen die Ritter. Er brannte zu wissen, was aus Isabellen geworden sey, und war eben so besorgt, daß jene etwas davon erfahren mögten. Er war ungeduldig, ihr nachzusetzen, und fürchtete sehr, Gefährten seiner Verfolgung zu bekommen. Er versprach, ihr Boten nachzusenden, – aber der vornehmste Ritter brach nunmehr das Schweigen, warf Manfred in bittern Ausdrücken sein geheimnißvolles zweideutiges Betragen vor, und fragte: warum Isabelle zuerst die Burg verlassen habe? Manfred warf einen gebieterischen Blick auf Geronimo, der ihm zu schweigen befahl, und wandte vor, er habe sie nach Corrado's Tod an heilige Stäte gebracht, bis er über ihre anderweitige Versorgung einen Entschluß fassen könne. Geronimo, der für seines Sohnes Leben zitterte, wagte dieser Unwahrheit nicht zu widersprechen; aber einer seiner Ordensbrüder, dem eine solche Besorgniß nicht oblag, erklärte frei heraus, sie habe sich die vergangene Nacht in ihre Kirche geflüchtet. Vergebens strebte der Fürst eine Entdeckung zu unterdrücken, die ihn mit Scham und Verwirrung über häufte. Der vornehmste Fremde, erstaunt über alle Widersprüche, die er vernommen hatte, und mehr als halb überzeugt,

Manfred halte die Prinzessin verborgen, ohngeachtet er sich über ihre Flucht so bestürzt stellte, eilte auf die Thür zu, und rief: Verrätherischer Fürst! Isabelle wird sich finden lassen! Manfred versuchte ihn zurückzuhalten, aber mit dem Beistand seiner ritterlichen Gefährten, riß er sich von ihm los, stürzte auf den Hof, und fragte nach seinem Gefolge. Da Manfred ihn von der Nachsetzung abzuhalten nicht vermogte, erbot er sich, ihn zu begleiten, rief seine Diener auf, nahm Geronimo und einige Mönche zu Wegweisern, und so verließen sie die Burg. Heimlich gab Manfred Befehl, des Ritters Leute zu bewachen; vor dem Ritter gab er sich das Ansehn, als sende er einen Boten, ihren Beystand zu erheischen.

Unterdessen hatte Matilde tiefe Theilnahme an dem Schicksal des jungen Landmanns empfunden, seit sie ihn in der Halle zum Tode verurtheilen sah, und immer auf Mittel zu seiner Rettung gesonnen. Jetzt erfuhr sie, sobald die Gesellschaft die Burg verlassen hatte, durch einige ihrer weiblichen Bedienten, Manfred habe alle seine Diener auf verschiednen Wegen fortgeschickt. In seiner Eile gab er den Befehl in allgemeinen Ausdrücken; er meinte nicht, ihn auf die Wache auszudehnen, die er über Theodor gesetzt hatte, aber er vergaß sie. Die Bedienten waren sehr zuvorkommend, gegen die Gebote eines strengaufsehenden Fürsten. Auch trieb sie eigne Neugier und Sucht nach seltnen Vorfällen, an jeder übereilten Hetze Theil zu nehmen. So verließen sie sammt und sonders die Burg. Matilde machte sich los von ihren Frauenzimmern, schlich zum schwarzen Thurm, zog den Riegel von der Thür hinweg, und zeigte sich dem erstaunten Theodor. Junger Mann, sprach sie, kindlicher Gehorsam und jungfräuliche Bescheidenheit verdammen diesen Schritt, den ich wage, aber heiliges Erbarmen, stärker als alle Bande, rechtfertigt meine That. Fliehn Sie. Die Thore Ihres Kerkers stehn offen. Mein Vater und seine Diener sind abwesend, sie können bald zurück kehren. Ziehn Sie hin in Frieden, Engel des Himmels leiten Ihren Pfad! Sie sind sicherlich einer dieser Engel! sprach Theodor mit Entzücken. Nur eine Heilige Gottes kann reden, kann handeln, kann blicken wie Sie! Darf ich den Namen meiner himmlischen Beschützerin nicht erfahren? Sie nannten einen Vater? Ist es möglich? Kann Manfreds Blut heiliges Erbarmen fühlen? Sie antworten mir nicht, schöne Dame? Wie kommen Sie selbst hieher? Warum vergessen Sie Ihrer eignen Sicherheit, und verlieren sich im Gedächtniß an den unglücklichen Theodor?

Lassen Sie uns zusammen entfliehn. Das Leben, das Sie mir schenken, widm' ich Ihrer Vertheidigung. Ach! Sie irren, sprach Matilde seufzend, ich bin Manfreds Tochter, ich schwebe in keiner Gefahr. Ich erstaune, sprach Theodor. Noch in der verwichenen Nacht fühlt' ich mich selig, Ihrer Hoheit den Dienst leisten zu können, den Ihr gnädiges Erbarmen mir jetzt so mitleidig vergilt. Sie sind immer noch irrig, sagte die Prinzessin, aber dies ist keine Zeit zur Erklärung. Fliehn Sie, tugendhafter Jüngling, weil es noch in meiner Macht steht, Sie zu retten. Käme mein Vater zurück, so würden wir beyde, Sie und ich, Ursach haben zu zittern. Wie? sprach Theodor, können Ihre Hoheit glauben, ich werde mein Leben annehmen, wenn Sie irgend ein Unglück dadurch befahren? Besser leid' ich tausendmal den Tod! Für mich ist keine Gefahr, sagte Matilde, außer in Ihrer Zögerung. Eilen Sie. Niemand kann wissen, daß ich Ihrer Flucht beygestanden habe. Schwören Sie bey den Heiligen des Himmels, sprach Theodor, daß man Sie nicht in Verdacht haben kann: sonst gelob' ich, hier alles abzuwarten, was mich betreffen kann. O, Sie sind zu großmüthig! sagte Matilde. Aber seyn Sie versichert, daß mich kein Argwohn berühren wird. Geben Sie mir Ihre schöne Hand, zum Zeichen, daß Sie mich nicht hintergehn, sprach Theodor, und lassen Sie mich sie baden mit heißen Zähren. – Halten Sie ein, sprach die Prinzessin, das darf nicht geschehn! Ach! rief Theodor, erst in diesem Augenblicke lern' ich, was Unglück ist! Vielleicht kommt mir das Glück nie wie der nah! Geben Sie dem unschuldigen Entzücken heiliger Dankbarkeit Raum! Meine Seele wünscht, ihre Empfindungen auf Ihre Hand zu drücken. Lassen Sie mich, und gehn Sie! sprach Matilde. Was würde Isabelle sagen, Sie zu meinen Füßen zu sehn? Wer ist Isabelle? fragte der junge Mann verwundert. Weh mir! sprach die Prinzessin. Ich fürchte, ich diene einem Betrüger. Haben Sie Ihre Neugier von diesem Morgen her vergessen? Ihre Blicke, Ihr Betragen, alle diese Schönheit um Sie her, erwiederte Theodor, scheinen ein Ausfluß der Gottheit, aber Ihre Worte sind dunkel und geheimnißvoll. Reden Sie, Signora, reden Sie, daß Ihr Knecht Sie verstehe. – Sie verstehn mich nur zu wohl! sprach Matilde. Aber noch einmal befehle ich Ihnen, gehn Sie! Ihr Blut, das ich erhalten kann, kommt über meinen Kopf, wenn ich die Zeit mit unnützen Gesprächen verbringe. Ich gehe, Signora, antwortete Theodor, weil Sie es befehlen, und weil ich nicht, das graue Haar meines Vaters, mit Schmerzen in die Grube bringen will. Nur sagen

Sie mir, Sie, die ich anbete, daß Sie sich meiner erbarmen. – Halten Sie, sprach Matilde, ich will Sie zu dem unterirrdischen Gewölbe führen, durch welches Isabelle entrann. Es wird Sie in die Kirche San Nicola bringen, die eine heilige Freystäte für Sie seyn kann. Wie? sprach Theodor, so war es eine andre, waren Sie es nicht, in Ihrer Schönheit, der ich den unterirrdischen Durchgang finden half? Ich war es nicht, antwortete Matilde, aber fragen Sie nicht weiter. Ich zittre, Sie immer noch hier verweilen zu sehn. Fliehen Sie zum Altar! – Zum Altar? rief Theodor. Nein, Prinzessin, hülflose Jungfrauen oder Verbrecher mögen die Hörner des Altars ergreifen! Meine Seele ist frey von Schuld, und wird nie den Anschein der Schuld auf sich nehmen. Geben Sie mir ein Schwerd, Signora, und Ihr Vater lerne, daß Theodor eine schändliche Flucht verschmäht. Rascher Jüngling! sprach Matilde, dürften Sie wagen, den vermeßnen Arm gegen Otranto's Fürsten zu erheben? Nicht gegen Ihren Vater, nein, das darf ich nicht! antwortete Theodor. Verzeihn Sie mir, Signora, ich vergaß – aber wer kann Sie sehn, und sich erinnern, daß Sie des tyrannischen Manfred Tochter sind? Er ist Ihr Vater. Von diesem Augenblick an begrab' ich sein Unrecht in Vergessenheit. Tiefes, holes Aechzen schien von oben herab zu tönen. Theodor und die Prinzessin erschraken. Guter Himmel! wir werden belauscht! rief die Prinzessin. Sie horchten, sie vernahmen kein weiteres Geräusch, und beyde hielten, was sie vernommen hatten, für den Ausbruch eingeschlossener Dünste. Die Prinzessin ging leise vor Theodor her, führte ihn in ihres Vaters Waffenkammer, wo er sich völlig ausrüstete, und leitete ihn dann zum Pförtchen. Vermeiden Sie die Stadt, sprach die Prinzessin, und die ganze westliche Seite der Burg. Dort müssen Manfred und die Fremden ihre Nachsuchungen anstellen: eilen Sie der entgegen gesetzten Seite zu. Hinter jenem Walde, gegen Osten, erstreckt sich eine Felsenkette, unter welcher, ausgehöhlte Gänge, bis an die Seeküste reichen. Dort mögen Sie in Verborgenheit sich aufhalten, bis Sie einem Schiffe winken können, Sie aufzunehmen fortzuführen. Gehn Sie, der Himmel sey ihr Geleitsmann, und gedenken Sie zuweilen in Ihrem Gebet Matildens! Theodor warf sich zu ihren Füßen, ergriff die lilienweiße Hand, die er trotz ihres Sträubens küßte, gelobte bey der ersten Gelegenheit sich zum Ritter schlagen zu lassen, und bat sie dringend um die Erlaubniß, sich ihren ewigen Ritter schwören zu dürfen.

Da erschütterte, ehe die Prinzessin antworten konnte, ein plötzlicher Donnerschlag die Festen der Burg. Theodor achtete des Ungewitters nicht, und drang in sie, ihn zu erhören; aber die Prinzessin eilte verstört in das Schloß zurück, und mit einem Blicke, der unwiderstehlich war, befahl sie dem Jüngling, zu gehn. Er gehorchte seufzend, aber seine Augen starrten auf die Pforte, bis Matilde sie schloß, und einer Zusammenkunft ein Ende machte, in welcher zwey Herzen sich von einem Gefühl berauschten, das beyde zum erstenmal empfanden.

Theodor ging nachdenklich dem Kloster zu, seinem Vater seine Befreyung kund zu thun. Dort erfuhr er Geronimo's Abwesenheit, und daß man der Donna Isabella nachsetze, mit deren Geschichte er erst jetzt einigermaßen bekannt ward. Angebohrner ritterlicher Edelmuth trieb ihn zu dem Wunsch, ihr beyzustehn, aber die Mönche konnten ihm keinen Aufschluß geben, den Weg zu errathen, den sie genommen haben mögte. Er gerieth nicht in Versuchung, sich ihrentwegen weit zu verlieren, denn Matildens Bild war seinem Herzen so tief eingeprägt, daß er nicht daran denken konnte, sich fern von ihrer Wohnung zu wissen. Erinnerung an Geronimo's Zärtlichkeit verstärkte diese Abneigung; und Theodor beredete sich sogar, kindliche Zuneigung allein, halte ihn zwischen der Burg und dem Kloster zurück. Endlich beschloß er, bis Geronimo am Abend wiederkehren würde, sich in dem Walde aufzuhalten, den ihm Matilde angedeutet hatte. Als er dort war, suchte er die dichtesten Schatten. Sie stimmten so gut zu der lieblichen Schwermuth, die seine Seele beherrschte. In dieser Fassung verlor er sich unvermerkt zu den Hölen, vormals Wohnungen frommer Einsiedler, jetzt, wie das Land umher erzählte, Behausungen höllischer Geister. Die Sage war auch ihm zu Ohren gekommen. Tapfer und lustig nach Abentheuern überließ er sich willig der Neugier, die geheimsten Winkel dieser Irrgänge zu erforschen. Noch war er nicht weit gekommen, als er den Fußtritt einer Person zu hören vermeinte, die vor ihm zu flüchten schien, Theodor glaubte festiglich alles, was unsre heilige Religion zu glauben befiehlt, aber er besorgte nicht, daß ein ehrlicher Mann, ohne sein Verschulden dem bösen Willen der Mächte des Abgrunds Preis gegeben werden könne. Es schien ihm wahrscheinlicher, daß Räuber diese Stäte unsicher machten, als solche Diener der Finsterniß, von denen man sagt, daß sie die Reisenden plagen und irre führen. Lange brannte er schon vor Ungeduld, seine Tapferkeit zu bewähren.

Er zog sein Schwerd, und ging bedachtsam vorwärts, immer seine Schritte nach dem verstohlen rauschenden Laute vor ihm richtend. Gleichermaßen verrieth ihn seine Waffenrüstung der Person, die ihm auswich. Bald war Theodor überzeugt, nicht zu irren, verdoppelte seinen Schritt, und gewann offenbar über den Flüchtling, dessen Eile sich vermehrte. Endlich stand er hinter einem Frauenzimmer, das athemlos zu Boden sank. Theodor eilte, sie aufzuheben, aber ihr Schrecken war so groß, daß er fürchten mußte, sie werde in Ohnmacht fallen. Er bediente sich daher jedes freundlichen Wortes, ihre Angst zu verscheuchen, und versicherte sie, er sey weit entfernt sie zu beleidigen, er wolle sie mit Gefahr seines Lebens vertheidigen. Die Dame erholte sich durch sein höfliches Benehmen, starrte ihren Beschützer an, und sprach: Ich bin gewiß, Ihre Stimme schon einmal gehört zu haben. Das ich nicht wüste, erwiederte Theodor, wenn Sie nicht, wie ich vermuthe, Donna Isabella sind. Barmherziger Himmel! rief sie, man hat Sie mir doch nicht nachgeschickt? Mit diesen Worten warf sie sich zu seinen Füßen, und beschwor ihn, sie nicht an Manfred auszuliefern. An Manfred? versetzte Theodor. Nein, Signora, einmal hab' ich Sie schon von seiner Grausamkeit befreyt, und es wird mir jetzt übel ergehn, oder ich entreiße Sie seinem Frevel auf immer! Ist es möglich? sprach sie. Sind Sie der nämliche Unbekannte, den ich verwichene Nacht in den Kreuzgängen der Burg fand? O so sind Sie kein Sterblicher! Sie sind mein Schutzgeist! Auf meinen Knien will ich – Halten Sie ein, gnädige Fürstin, unterbrach sie Theodor, erniedrigen Sie sich nicht, vor einem armen freundlosen Jüngling. Hat der Himmel mich zu Ihrem Retter erkohren, so wird er sein Werk vollbringen, und meinen Arm stärken für Ihre Sache. Kommen Sie, Signora, wir sind dem Eingang der Höle zu nah, lassen Sie uns ihren verborgensten Winkel aufsuchen, ich kann nicht ruhen, bis ich Sie ausser aller Gefahr weiß. Ach! was verlangen Sie? antwortete die Prinzessin. Ihre Handlungen sind edelmüthig, Ihre Gesinnungen bezeugen die Reinheit Ihrer Seele: aber schickt es sich deswegen, daß ich Ihnen allein in diese verborgene Einöde folge? Wenn man uns beysammen antrifft, was wird die richtende Welt von meinem Betragen denken? Ich verehre Ihre tugendsame Bedenklichkeit, sprach Theodor; und danke Ihnen, daß Sie nichts gegen meine Ehre argwöhnen. Ich war nur gemeint, Sie in die allergeheimste Höle dieser Felsen zu begleiten, und dann, mit Gefahr meines Lebens, ihren Eingang gegen alles, was Leben hat, zu bewachen. Sie sind schön, Signora, und Ihre Gestalt ist vollendet, auch trift meine Wünsche der Vorwurf empor zu streben: aber wissen Sie, fuhr er mit einem tiefen Seufzer fort, meine Seele ist bereits einer andern gewidmet. – Ein plötzliches Getöse verhinderte Theodoren fortzufahren. Bald vernahmen sie: Isabelle! holla, Isabelle! Die zitternde Prinzessin verfiel sogleich wieder in ihre vorige Beängstigung. Theodor versuchte vergeblich ihr Muth einzuflößen. Er schwur, lieber sterben zu wollen, als zu dulden, daß sie in Manfreds Gewalt zurückkehre, bat sie versteckt zu bleiben, und ging hinaus, um der Annäherung dessen, der sie suchte, zuvorzukommen.

Am Eingang der Höle fand er einen bewafneten Ritter, mit einem Bauren sprechend, der ihm versicherte, er habe ein Frauenzimmer die Felsengänge einschlagen sehn. Der Ritter brach auf sie zu suchen, als Theodor mit gezucktem Schwerd in seinen Weg traf, und ihm herrisch abzustehn gebot, so lieb ihm das Leben sey. Wer bist du, der mich aufzuhalten wagt? sprach hochbrüstig der Ritter. Einer der nicht mehr wagt, als er ausführen kann, antwortete Theodor. Ich suche Donna Isabella, fuhr der Ritter fort, und vernehme, sie habe sich zwischen diese Felsen geflüchtet. Weiche mir, oder du wirst es bereuen, meinen Zorn gereizt zu haben. Ich hasse dein Vorhaben, antwortete Theodor, und verachte deinen Zorn. Kehre zurück woher du kamst, oder du wirst bald erfahren, wer von uns am schrecklichsten zürnt. Der Fremde war der vornehmste Ritter, unter den Gesandten des Marggrafen von Vicenza; er hatte seinem Pferde die Sporen gegeben, als Manfred beschäftigt war, sich nach der Prinzessin zu erkundigen, und verschiedene Befehle ertheilte, um zu verhindern, daß sie den drey Rittern nicht in die Hände fiele. Der Ritter hegte den Verdacht, Manfred wisse um den heimlichen Aufenthalt der Prinzessin. Dieser Trotz eines Mannes, den er von dem Fürsten hergesezt glaubte, sie zu verheimlichen, bestärkte seinen Argwohn. Darum antwortete er nicht, sondern versetzte dem Theodor, welcher ihn für einen von Manfreds Hauptleuten hielt, einen Schwerdstreich, der allen Widerstand hinweg geräumt haben würde, hätte dieser, eben so geschickt seinen Gegner aufzufordern, als bereit, ihm zu wehren, den Hieb nicht mit seinem Schilde aufgefangen. Die Tapferkeit, die er so lange in seinem Busen ersticken müssen, brach mit einemmale hervor, er stürzte unaufhaltbar auf den Ritter, den Stolz und Ingrimm nicht minder zu gewaltigen Thaten aufriefen. Der Zweykampf tobte, aber nicht lange.

Theodor verwundete den Ritter dreymal, und entwafnete ihn zuletzt, da er aus Blutverlust ohnmächtig ward. Der Bauer war bey dem ersten Streich davon gelaufen, und hatte einige von Manfreds Leuten herbeygerufen, die auf seinen Befehl sich im Walde zerstreut hatten, Isabellen zu suchen. Sie kamen grade dazu als der Ritter fiel, den sie bald für den edeln Fremdling erkannten. Theodor konnte ohngeachtet seines Hasses gegen Manfred, den Sieg, welchen er erfochten, nicht ohne mitleidige und großmüthige Bewegung ansehn. Aber noch gerührter ward er, als man ihm sagte, wer sein Gegner, und daß er Manfreds Feind, nicht sein Untergebener sey. Er stand den Dienern bey, den Ritter zu entwafnen, und bemühte sich wie sie, das Blut seiner Wunden zu stillen. Als der Ritter die Sprache wieder erhielt, sagte er mit schwacher gebrochner Stimme: Großmüthiger Feind, wir waren beide im Irrthum. Ich hielt Sie für ein Werkzeug des Tyrannen. Sie haben sich an mir, merk' ich, gleichfalls betrogen. Entschuldigungen kommen zu spät. Ich sterbe. Ist Isabelle in der Nähe, so werde sie gerufen, ich habe ihr wichtige Geheimnisse zu – Er liegt am letzten, sagte einer von den Umstehenden. Hat niemand einen Herr-Gott in der Ficke? Andrea, du weist zu beten. – Holt Wasser, sprach Theodor, und gießt es ihm übers Gesicht. Ich eile zur Prinzessin. – Mit diesen Worten rannte er zur Prinzessin, und erzählte ihr, bescheidentlich, mit kurzen Worten: durch ein Mißverständniß sey er so unglücklich gewesen, einen Herrn von ihres Vaters Hofe zu verwunden, der ihr vor seinem Ende noch etwas wichtiges zu entdecken wünsche. Die Prinzessin hörte Theodors Stimme mit Entzücken, als er ihr rief, herauszukommen. Was sie jetzt vernahm, setzte sie in Erstaunen. Indessen hatte dieser neue Beweis seiner Tapferkeit ihre zerstreuten Lebensgeister zurück gerufen. Sie erlaubte Theodoren, ihr den Arm zu geben. Sie kamen hin, wo der blutende Ritter sprachlos auf der Erde lag, aber bei dem Anblick der Bedienten Manfreds kehrte ihre Furcht zurück. Sie wollte wieder entfliehn, als Theodor sie bemerken machte, daß diese Leute unbewafnet wären, und ihnen augenblicklichen Tod drohte, wenn sie es wagen würden, die Prinzessin anzurühren. Der Fremdling öfnete seine Augen, und sah ein Frauenzimmer. Bist du, fragt' er, bist du wirklich Isabelle von Vicenza? Ich bin es, antwortete sie, Gott sey dir gnädig! Du – du – sagte der Ritter, dem es unsäglich schwer zu reden ward – siehst – deinen – Vater – um – arme – Entsetzlich! schrecklich! was hör' ich? was seh' ich? rief Isabelle.

71

Mein Vater! Sie, mein Vater? wie kommen Sie hieher? um Gotteswillen! eilt! rennt nach Hülfe! er stirbt! – Ja, sprach der verwundete Ritter, und bot alle Kraft auf, deren er fähig war, ich bin dein Vater Friedrich – ich kam her, dich zu befreyen – es hat nicht seyn sollen – umarme mich zum Abschied – und nimm – Gnädiger Herr, sagte Theodor, erschöpfen Sie sich nicht, lassen Sie sich in die Burg tragen. – In die Burg? rief Isabelle. Ist keine nähere Zuflucht als die Burg? Will man meinen Vater dem Tyrannen aussetzen? Ich darf nicht mit ihm, wenn er dorthin gebracht wird! wie soll ich ihn verlassen? Kind, sagte Friedrich, es ist einerley, wohin man mich bringt. Nach kurzen Augenblicken bin ich außer aller Gefahr. Aber so lange ich Augen habe, mich an dir zu freuen, verlaß mich nicht, gute Isabelle. Dieser wackre Ritter, den ich nicht kenne, beschützt deine Unschuld. Ritter, Sie verlassen mein Kind nicht! Theodor kniete weinend neben seinem Opfer, und gelobte, die Prinzessin mit seinem Leben zu bewachen. So ließ sich Friedrich überreden, in die Burg getragen zu werden. Man verband seine Wunden, so gut man konnte, und setzte ihn auf ein Pferd, das einem der Bedienten gehörte. Theodor ging ihm zur Seite, und die betrübte Isabelle, die sich nicht mehr von ihm scheiden konnte, folgte traurend.

Vierter Abschnitt.

Sobald der kummervolle Zug in die Burg trat, gingen ihm Hippolite und Matilde entgegen, die Isabelle, durch einen vorausgesandten Bedienten, von ihrer Ankunft benachrichtigt hatte. Die Damen ließen Friedrich in das nächste Zimmer tragen, und begaben sich weg, während die Wundärzte seine Wunden untersuchten. Matilde erröthete, Isabellen und Theodoren bey einander zu sehn: doch suchte sie es zu verbergen, indem sie jene umarmte, und ihr Beyleid an dem Unfall ihres Vaters bezeugte. Bald berichteten die Aerzte der Fürstin, von des Markgrafen Wunden sey keine gefährlich; auch wünsche er seine Tochter und die Prinzessinnen zu sehn. Theodor konnte dem innern Triebe, Matilden zu folgen, nicht widerstehn, und gab vor, er müsse seine Freude an den Tag legen, daß er nicht länger besorgen dürfe, Friedrichen im Zweykampf erlegt zu haben. Aber Matildens Augen senkten sich so oft, wenn sie den seinigen begegneten, daß Isabelle, die ihn eben so aufmerksam beobachtete, als er Matilden anstarrte, bald errieth, wer der Gegenstand seiner Neigung sey, dessen er in der Höhle gegen sie erwähnte. – Während dieses stummen Auftrittes, fragte Hippolite den Markgrafen: warum er diesen geheimnißvollen Weg eingeschlagen sey, seine Tochter zurückzufordern? und streute bey der Gelegenheit verschiedene Gründe ein, die ihren Gemahl entschuldigen sollten, daß er eine Eheverbindung zwischen ihren beyderseitigen Kindern gesucht habe. Friedrich war wohl wider Manfred aufgebracht, aber darum nicht unempfindlich gegen Hippolitens Höflichkeit und Wohlwollen. Mehr noch rührte ihn Matildens liebliche Gestalt. Weil er sie an seinem Lager zu verweilen wünschte, berichtete er Hippoliten seine Geschichte. Er war, so erzählte er, bey den Ungläubigen gefangen, als ihm träumte, seine Tochter, von der er seit seiner Gefangennehmung nichts erfahren hatte, sey in eine Burg gesperrt, wo sie das allerschrecklichste Unglück bedrohe: und würde er in Freyheit gesetzt, so solle er sich in einen Wald neben Joppe begeben, dort werde ihm mehr offenbart. Der Traum beunruhigte ihn, er konnte der Anweisung, die er ihm gab, nicht gehorchen, seine Ketten drückten ihn schwerer als zuvor. Indem er aber hin und her überlegte, wie er es anstellen müsse, seine Freiheit zu erlangen, erhielt er die angenehme Nachricht, daß die verbündeten, in Palästina kriegführenden Fürsten, sein Lösegeld bezahlt hätten. Sogleich brach er auf zu dem Walde, welchen sein Traum bezeichnet hatte. Zwey Tage lang wanderten er und seine Gefährten durch den Forst, ohne eine menschliche Gestalt zu entdecken. Am Abend des dritten kamen sie zu einer Zelle, wo sie einen ehrwürdigen Einsiedler mit dem Tode ringend fanden. Durch die Hülfe köstlicher Herzstärkungen, gaben sie dem heiligen Manne die Sprache wieder. Kinder, sprach er, ich dank' euch um eurer Barmherzigkeit willen. Aber sie kann mir nicht helfen. Ich gehe in die ewige Ruhe. Ich sterbe zufrieden, da ich den Willen des Himmels erfülle. Als ich mich zuerst in diese Einsamkeit begab, da ich mein Vaterland eine Beute der Ungläubigen sah – seit ich dieses fürchterlichen Auftrittes Zeuge ward, sind leider funfzig Jahr verflossen – erschien mir, der heilige Niklas, ein Geheimniß zu offenbaren, das er, vor meinem Todeskampfe, keinem sterblichen

Manne zu entdecken gebot. Dies ist die furchtbare Stunde, und ohne Zweifel seyd ihr die auserwählten Krieger, denen ich das anvertraute Geheimniß entdecken soll. Sobald diesem armseligen Leichnam der letzte Dienst erwiesen ist, grabt unter dem siebenten Baume nach, der zur linken dieser dürftigen Höhle steht, und eure Mühe – Herr, mein Gott, nimm meinen Geist auf! Dies war der letzte Seufzer des frommen Mannes. Bey Tagesanbruch, fuhr Friedrich fort, verscharrten wir seine heiligen Gebeine in die Erde, und gruben an der Stäte, die er uns angegeben hatte. – Wie groß war unser Erstaunen, als wir in einer Tiefe von ungefähr sechs Fuß, das ungeheure Schwerd entdeckten, das jetzt in Ihrem Hofe liegt. Auf der Klinge, die damals zum Theil ausser der Scheide war, obgleich wir sie nachher hereinstiessen, um das Ganze fortbringen zu können, lasen wir folgende Zeilen – Gnädige Frau, sagte der Markgraf, und wandte sich gegen Hippolite, es ist besser ich wiederhole sie nicht. Ich ehre Ihr Geschlecht und Ihren Rang, und mag Ihr Ohr nicht durch Ausdrücke kränken, die das beleidigen, was Ihnen theuer seyn muß. Er schwieg. Hippolite zitterte. Sie zweifelte nicht, der Himmel habe Friedrichen bestimmt, das Geschick zu vollführen, welches ihr Haus zu bedrohen schien. Mit zärtlicher Angst sah sie auf Matilden, eine geheime Zähre schlich sich über ihre Wangen. Aber sie erholte sich, und sprach: Reden Sie weiter, mein Fürst. Der Himmel thut nichts umsonst. Wir Menschen müssen seine göttlichen Gebote, in Demuth und Unterwürfigkeit annehmen. Uns geziemt es, seinen Zorn abzubitten, oder uns vor seinem Rathschluß zu beugen. Wiederholen Sie sein Urtheil, gnädiger Herr, wir sind auf alles gefaßt. Friedrich war bekümmert, so weit gegangen zu seyn. Hippolitens Würde und geduldige Festigkeit erfüllten ihn mit Ehrfurcht, und die zarte schweigende Liebe, mit der sich die Fürstin und ihre Tochter ansahen, erweichte ihn fast zu Thränen. Doch fürchtete er, sie noch mehr zu beunruhigen, wenn er länger anstände nachzugeben, und so wiederholt' er, mit leiser stammelnder Stimme, folgende Zeilen.

Wo sich dies Schwerd zu seinem Helm gesellet,
wird deiner Tochter fährlich nachgestellet:
Alfonso's Blut ist ihr zum Schutz beschieden,
und beut dem Geist des Ahnherrn endlich Frieden.

Was gehn die Fürstinnen diese Reime an? fragte Theodor ungeduldig. Musten sie durch eine geheimnißvolle Zurückhaltung erschreckt werden, die so wenig Grund hat? Das sind harte Worte, junger Mann, sprach der Markgraf. Wem das Schicksal einmal günstig war – Mein theurer Vater, sprach Isabelle, empfindlich über Theodors Hitze, die wie sie wohl merkte, ihren Grund in seinen Gefühlen für Matilde hatte, werden Sie nicht ungehalten über die Anmerkungen eines Bauern Sohns; er vergißt die Achtung, die er Ihnen schuldig ist; er war nie gewohnt – Hippolite bekümmert, daß sich Heftigkeit ins Spiel mische, mißbilligte Theodors Dreistigkeit, doch mit einem Blick, der seinem Eifer Gerechtigkeit wiederfahren ließ, und fragte Friedrich, um das Gespräch zu verändern, wo er ihren Gemahl verlassen habe? Der Markgraf wollte antworten, als man draussen ein Geräusch vernahm. Da man aufstand, nach der Ursache zu fragen, traten Manfred, Geronimo, und ein Theil des Gefolges, die von dem, was vorgegangen war, etwas unbestimmtes vernommen hatten, in das Zimmer. Manfred ging eilig auf Friedrichs Lager zu, sein Beyleid über dessen Unfall zu bezeugen, und sich nach den Umständen des Gefechtes zu erkundigen, fuhr aber mit einem Ausbruch des Schreckens und Entsetzens zurück, und rief: Wer bist du, fürchterliches Gespenst? Ist meine Stunde gekommen? – Theurester, gütigster Gemahl! schrie Hippolite, und schloß ihn in ihre Arme, was sehn Sie? Worauf starren Ihre Augen? – Wie? sprach Manfred athemlos, siehst du nichts, Hippolite? Ist dies scheußliche Schreckenbild mir allein gesendet? Warum mir? Ich habe dich nicht – Um Gottes Barmherzigkeit willen! sprach Hippolite. Besinnen Sie sich, mein Fürst! Fassen Sie sich! Hier ist niemand als wir, Ihre Freunde. Ist das nicht Alfonso? rief Manfred. Siehst du ihn nicht? Ist es ein bloßes Traumbild meines Gehirns? Dies, mein Gebieter? antwortete Hippolite. Dies ist Theodor. Der unglückliche Jüngling – Theodor! sprach Manfred traurend, und fuhr sich mit der Hand über die Stirn. Theodor oder eine Traumgestalt, er hat Manfreds Seele aus ihren Fugen gerissen. Wie kommt er hieher? Wer kleidete ihn in Waffen? Er ging, glaub' ich, Isabellen zu suchen, antwortete Hippolite. Isabellen! rief Manfred mit erneuerter Wuth. Ja, ja, daran ist kein Zweifel! Aber wie entrann er aus dem Gefängnisse, worin ich ihn zurückließ? Setzte Isabelle ihn in Freiheit, oder dieser alte pfäffische Heuchler? Ist ein Vater strafbar, gnädiger Herr, fragte Theodor, der sein Kind zu retten wünscht?

Geronimo erstaunte, sich ohne Grund von seinem eignen Sohn gleichsam angeklagt zu hören, und wuste nicht was er denken sollte. Er konnte nicht begreifen wie Theodor entronnen, wie er bewafnet, und mit Friedrich zusammengekommen sey. Dennoch wollte er nicht wagen, nach dem zu fragen, was Manfreds Wuth gegen seinen Sohn vielleicht vermehren würde. Geronimo's Schweigen überzeugte Manfred, er habe Theodors Befreyung bewirkt. Alter undankbarer Mann! sprach er zu dem Mönch, lohnst du so meine Wohlthaten und Hippolitens? Ist es dir nicht genug, den innigsten Wunsch meines Herzens zu bestreiten? bewaffnest du auch deinen Bastart, und bringst ihn in meine eigne Burg mir Hohn zu sprechen? Gnädiger Herr, sagte Theodor, Sie thun meinem Vater Unrecht. Weder er noch ich sind im Stande, einem Gedanken gegen Ihren Frieden Raum zu geben. Sprech' ich Ihrer Hoheit Hohn, wenn ich mich Ihr übergebe? fügte er hinzu, und legte sein Schwerd ehrfurchtsvoll zu Manfreds Füßen. Hier ist meine Brust, durchbohren Sie die, gnädiger Herr, wenn Sie glauben, daß ein rebellischer Gedanke darin wohnt. Mein Herz hegt keine andre Empfindung, als Verehrung gegen Sie und die Ihrigen. Der Anstand und das Feuer, mit denen Theodor diese Worte sprach, nahmen jeden Anwesenden zu seinem Vortheil ein. Selbst Manfred war gerührt; daß er aber Alfonso so ähnlich sah, mischte geheimes Grausen in seine Bewunderung. Steh auf, sprach er, ich verlange deinen Tod nicht, aber entdecke mir deine Geschichte, und wie du mit diesem verrätherischen Greise zusammenhängst. Gnädiger Herr, sprach Geronimo eifrig – Schweig, Betrüger! gebot ihm Manfred. Ihm soll nicht eingeblasen werden! Auch bedarf ich keines Beystandes, gnädiger Herr, sprach Theodor. Meine Geschichte ist sehr kurz. Ich war fünf Jahr alt, als Seeräuber meine Mutter und mich von der Küste Siciliens nach Algier entführten. Meine Mutter starb in weniger als Jahresfrist vor Gram. – Geronimo's Augen entstürzten Thränen, tausend marternde Gefühle standen auf seinem Gesicht. Ehe sie starb, fuhr Theodor fort, band sie einen pergamentenen Zettel um meinen bloßen Arm, welcher besagte, ich sey der Sohn des Grafen Falconara. – Es ist wahr! seufzte Geronimo. Ich bin der unglückliche Vater! – Kann ein Pfaff niemals schweigen? sagte Manfred. Weiter! Ich blieb in der Sclaverey, sprach Theodor; bis vor zwey Jahren, da ich meinen Herrn auf einer Kreuzfahrt begleitete, ein christliches Schiff den Corsaren überwand. Der Hauptmann, dem ich mich entdeckte, war so großmüthig, mich in

Sicilien an Land zu setzen; aber ach! ich fand meinen Vater nicht. Sein Gut lag am Ufer des Meeres. Die nemlichen Räuber, die mich und meine Mutter wegführten, hatten es verwüstet; das Schloß war bis auf den Grund abgebrannt. Mein Vater verkaufte bey seiner Zurückkunft, was ihm übrig geblieben war, und begab sich in ein Kloster des Königreichs Neapel, in welches, konnte mir niemand nachweisen. Verlassen und freundlos, arm an Hofnung je das Entzücken einer väterlichen Umarmung zu genießen, ergrif ich die erste Gelegenheit, nach Neapel zu segeln. Von dorther wandert' ich, seit sechs Tagen in dieser Provinz, und nährte mich von meiner Hände Arbeit. Bis gestern Morgen glaubt' ich, der Himmel habe mir kein andres Loos beschieden, als Seelenruhe und Zufriedenheit in Armuth. Dies, gnädiger Herr, ist Theodors Geschichte. Ich bin über Hoffen gesegnet, daß ich meinen Vater finde; ich bin über Verdienst unglücklich, daß ich mir Ihrer Hoheit Mißfallen zugezogen. Er schwieg. Unter seinen Zuhörern erhob sich ein freundliches Geflüster des Beyfalls. Das ist nicht alles, sprach Friedrich. Meine Ehre befiehlt mir hinzu zu setzen, was er verschweigt. Seine Bescheidenheit fordert mich auf, gerecht zu seyn. Er ist einer der tapfersten jungen Männer, auf christlichem Grund und Boden. Er ist heftig; aber wie kurze Zeit ich ihn auch kenne, verbürg' ich seine Wahrhaftigkeit. Wäre das, was er erzählt, nicht wahr, er würd' es nicht sagen. Junger Mann, ich ehre diese Freimühigkeit, die Ihrer Geburt geziemt. Sie haben mich eben beleidigt: aber das edle Blut Ihrer Adern mag wohl aufsprudeln, wenn es so neulich erst seine Quelle entdeckt hat. Kommen Sie, mein Fürst, (er wandte sich gegen Manfred) kann ich ihm verzeihen, so mögen Sie es noch viel leichter. Es ist des Jünglings Schuld nicht, daß Sie ihn für ein Gespenst hielten. Dieser herbe Stich erbitterte Manfreds Seele. Vermögen, antwortete er hochherzig, Wesen aus einer andern Welt meine Sinnen mit Schauder zu erfüllen, so steht das in keines lebenden Mannes Macht. Mir würde des Knaben Arm – Mein Gemahl, unterbrach ihn Hippolite, Ihr Gast bedarf Erholung. Wollen wir ihn nicht seiner Ruhe überlassen? So sprach sie, ergrif Manfreds Hand, nahm Abschied von Friedrich, und führte die Gesellschaft fort. Dem Fürsten that es nicht leid, eine Unterredung abzubrechen, welche die Aeußerung seiner geheimsten Gefühle in Anregung brachte. Er ließ sich in sein Gemach zurückführen, und erlaubte Theodoren, seinem Vater ins Kloster zu folgen.

Doch muste er versprechen, am nächsten Morgen zur Burg zurück zu kehren; und der junge Mann ließ sich diese Bedingung gern gefallen. Matilde und Isabelle waren mit ihren eignen Gedanken zu beschäftigt, zu wenig eine mit der andern zufrieden, als daß sie gewünscht haben solten, diesen Abend länger zusammen zu bleiben. Jede ging in ihr Zimmer. Sie schieden mit mehr Ausdrücken der Höflichkeit und weniger Zuneigung von einander, als seit ihrer Kindheit unter ihnen obgewaltet hatten.

Waren sie ohne Herzlichkeit von einander gegangen, so suchten sie sich desto ungeduldiger auf, sobald der Morgen graute. Ihre Seelen befanden sich in einer Stimmung, die keinen Schlaf zuließ, und jeder fielen tausend Fragen ein, die sie der andern gern noch über Nacht vorgelegt hätte. Matilde überlegte, Theodor habe Isabellen zweymal aus einer so kritischen Lage gerettet, daß mehr als Zufall dabey obzuwalten scheine. Freilich waren seine Augen in Friedrichs Zimmer einzig auf Matilden gerichtet gewesen; aber das hatte er vielleicht gethan, um seinem und Isabellens Vater seine Neigung zu verbergen. Es wäre gut, das aufzuklären. Sie wünschte die Wahrheit zu erfahren, um ihrer Freundin kein Unrecht zu thun, und eine Leidenschaft gegen Isabellens Liebhaber zu nähren. So flüsterte Eifersucht ihr zu, und lieh eine Entschuldigung von der Freundschaft, um ihre Neugier zu rechtfertigen.

Isabelle blieb nicht minder schlaflos. Ihr Argwohn war besser gegründet. Denn Theodors Zunge und Augen hatten ihr gesagt, sein Herz sey gefesselt. Aber vielleicht erwiederte Matilde seine Neigung nicht? Sie schien immer unempfindlich gegen die Liebe. Ihr Tichten und Trachten ging zum Himmel. Warum sprach ich ihr dagegen? fragte Isabelle sich selbst. Jetzt leid' ich für meine Großmuth. Aber wo fanden sie sich? wann? Es ist unmöglich, ich muß mich irren. Vielleicht sahn sie sich diesen Abend zum erstenmal. Ein andrer Gegenstand beschäftigt seine Gefühle. Wenn das ist, so bin ich minder unglücklich, als ich besorgte! Wenn es nur meine Freundin Matilde nicht ist! Und ich kann mich herablassen, die Liebe eines Mannes zu begehren, der so unhöflich und ohne Noth mir sagte, ich sey ihm gleichgültig? in eben dem Augenblick mir es sagte, wo alltägliche Lebensart wenigstens Ausdrücke der Achtung erfordert? Ich will zu meiner theuren Matilde gehn, sie wird mich in dem Stolz unterstützen, der mir zukommt. Das Männergeschlecht ist falsch. Wir wollen beyde ins

Kloster. Sie wird sich freuen, mich in dieser Stimmung zu finden. Ja, ich sag' ihr, daß ich ihrem heiligen Beruf nicht länger widerspreche. In dieser Gemüthsverfassung, und entschlossen, ihr ganzes Herz vor Matilden auszuschütten, trat sie in das Zimmer der Prinzessin, die sie ganz gekleidet fand, nachdenkend auf ihren Arm gelehnt. Diese Stellung entsprach Isabellens eignen Gefühlen, erweckte ihren Argwohn von neuem, und zerstörte das Vertrauen, das sie ihrer Freundin zu beweisen sich vorgenommen hatte. Sie erröteten, da sie gegen einander über standen, und waren zu sehr Neulinge, ihre Empfindungen geschickt zu verstellen. Nach einigen unbedeutenden Reden und Antworten, befragte Matilde Isabellen, um die Ursache ihrer Flucht. Diese hatte Manfreds Leidenschaft fast vergessen, so gänzlich war sie mit der ihrigen beschäftigt, und glaubte, Matilde meine ihre letzte Entfernung aus dem Kloster, welche die Begebenheiten des vergangenen Abends veranlaßte. Darum erwiederte sie: Martelli sagte einigen Klosterleuten, Ihre Frau Mutter sei gestorben. – O! unterbrach sie Matilde, das Mißverständniß hat Bianca veranlaßt. Sie sah mich in Ohnmacht fallen, und rief: die Prinzessin ist todt! Martelli holte grade sein Allmosen aus der Burg. – Warum fielen Sie in Ohnmacht? fragte Isabelle, der das übrige nichts anging. Matilde erröthete, und stammelte. Mein Vater saß zu Gericht – über einen Verbrecher. – Ueber welchen Verbrecher? fragte Isabelle hastig. – Ueber einen Jüngling, antwortete Matilde, über den – über den nemlichen – Ueber Theodor? fragte Isabelle. Ja, antwortete sie. Ich hatte ihn nie zuvor gesehn, ich weiß nicht, was er gegen meinen Vater verbrochen haben mag – da er Ihnen aber einen Dienst leisten können, so freut es mich, daß der Fürst ihm verziehn hat. – Mir einen Dienst? rief Isabelle. Nennen Sie das mir einen Dienst leisten, daß er meinen Vater verwundete, und fast an seinem Tode schuld ist? Freylich bin ich nur seit gestern so glücklich, meinen Vater zu kennen; aber ich hoffe, Sie halten mich kindlicher Zärtlichkeit nicht so entfremdet, daß ich der Kühnheit dieses verwegenen Jünglings nicht zürnen sollte? Wie soll ich jemals Zuneigung gegen den empfinden, der sich erfrecht, seinen Arm gegen den Urheber meines Daseyns zu erheben? Nein, Matilde, mein Herz verabscheut ihn: und bewahren Sie mir noch die Freundschaft, die Sie mir von Kindheit an gelobten, so werden Sie einem Menschen fluchen, der im Begrif war, mich auf ewig zu verderben.

Matilde senkte ihr schönes Haupt, und antwortete: Ich hoffe, meine theure Isabelle bezweifelt ihrer Matilde Freundschaft nicht. Ich sah den Jüngling gestern zum erstenmal. Er ist mir völlig fremd. Die Wundärzte aber sprechen, Ihr Herr Vater sey außer aller Gefahr. Darum hegen Sie keine lieblose Empfindlichkeit gegen einen Mann, der, wie ich überzeugt bin, nicht wuste, daß Ihnen der Markgraf verwandt sey. Sie reden recht warm für einen Fremden, sprach Isabelle. Ich muß mich sehr irren, wenn er Ihre Liebe nicht vergilt. Was meinen Sie? fragte Matilde. Nichts, antwortete Isabelle, der es leid that, Matilden einen Wink von Theodors Zuneigung zu ihr gegeben zu haben. Darauf änderte sie das Gespräch, und fragte Matilden: wie Manfred Theodoren für ein Gespenst halten können? Gott sey mir gnädig! antwortete Matilde, bemerkten Sie nicht, wie außerordentlich er dem Bildniß Alfonso's gleicht, in der Gallerie? Ich erwähnte es gegen Bianca, noch ehe ich ihn in Waffenrüstung sah, aber mit dem Helm auf dem Haupt, ist er das wahre Ebenbild des Gemäldes! Ich achte nicht viel auf Gemälde, sprach Isabelle, und noch weniger hab' ich den jungen Mann so aufmerksam betrachtet, als Sie gethan zu haben scheinen. Ach, Matilde! Ihr Herz ist in Gefahr. Lassen Sie sich freundschaftlich warnen. Er hat mir gestanden, er sey verliebt. In Sie kann er nicht verliebt seyn, Sie beyde sahn sich ja gestern zum erstenmal. Nicht wahr? Allerdings! versetzte Matilde; aber warum schließt meine theure Isabelle aus einem Wort, das ich verlohren habe, ich – sie hielt ein; dann fuhr sie fort: Sie sah er zuerst, und ich bin nicht so eitel, zu glauben, meine wenigen Reize könnten ein Herz gewinnen, das Ihnen gewidmet ist. Seyn Sie glücklich, Isabelle, aus Matilden werde was da will! Isabellens Herz war zu ehrlich, einem so liebevollen Ausdruck zu widerstehn. Meine liebliche Freundin, sprach sie, Sie bewundert Theodor; ich seh' es; ich bin davon überzeugt; und ein Gedanke an mein eignes Glück soll mich nie dahin bringen, dem Ihrigen in den Weg zu treten. Diese Offenheit brachte die sanfte Matilde zu Thränen. Die Eifersucht, die für einen Augenblick, Kälte unter diese liebenswürdigen Geschöpfe ausgestreut hatte, wich jetzt der angebohrnen Aufrichtigkeit und Unbefangenheit ihrer Seelen. Jede gestand der andern den Eindruck, den Theodor auf sie gemacht hatte, und auf dieses Geständniß folgte ein Wettstreit der Großmuth; jede wollte ihrer Freundin ihre Ansprüche aufgeben. Endlich erinnerte die Würde der Tugend Isabellen, Theodor habe ihrer Nebenbuhlerin den

Vorzug gegeben. Sie entschloß sich, ihre Leidenschaft zu überwinden, und den geliebten Gegenstand ihrer Freundin abzutreten.

Noch dauerte der freundschaftliche Zwist, als Hippolite in das Zimmer ihrer Tochter trat. Fräulein, sprach sie zu Isabellen, Sie haben so viel Zuneigung für Matilden, und nehmen so freundschaftlichen Theil an unser unglückliches Haus, daß ich keine Geheimnisse für mein Kind haben kann, die Sie nicht anhören dürften. Die Prinzessinnen schwiegen mit ängstlicher Aufmerksamkeit. Wissen Sie also, Fräulein, fuhr Hippolite fort, und du, meine theure Matilde, alle Begebenheiten dieser beyden letzten schrecklichen Tage überzeugen mich, es ist der Wille des Himmels, daß der Scepter von Otranto aus Manfreds Hand in die des Markgrafen Friedrich übergehe. Vielleicht giebt mir die Vorsehung den Gedanken ein, unser gänzliches Verderben, durch Vereinigung unsrer feindlichen Geschlechter abzuwenden. In dieser Rücksicht hab' ich meinem Gemahl vorgeschlagen, dieses theure Kind Ihrem Vater Friedrich zur Gemahlin zu geben. – Ich, die Gemahlin Friedrichs! rief Matilde. Gerechter Himmel! o meine gütige Mutter! Haben Sie mit meinem Vater schon davon geredet? Das hab' ich, antwortete Hippolite. Er ließ sich meinen Vorschlag wohl gefallen, und ist hingegangen, ihn dem Markgrafen zu eröfnen. Ach! unglückliche Fürstin! was haben Sie gethan? rief Isabelle. Welches Verderben hat Ihre unbedachtsame Güte über Sie, über Matilde, über mich gebracht! Verderben von mir, über Sie und mein Kind? fragte Hippolite. Was soll das bedeuten? Ach, sagte Isabelle, die Reinheit Ihres Herzens hindert Sie, die Verderbtheit andrer zu bemerken. Manfred, Ihr Gemahl, ist so Gottes vergessen – Halten Sie ein, Fräulein, sprach Hippolite. Sie dürfen nicht in meiner Gegenwart alle Achtung gegen Manfred vergessen. Er ist mein Fürst und mein Gemahl. –Er wird es nicht lange bleiben, antwortete Isabelle, wenn ihm sein boshaftes Vorhaben gelingt. Ich erstaune über diese Sprache, sagte Hippolite. Ihre Aufwallungen sind lebhaft, Isabelle; aber bis diesen Augenblick hab ich Sie nicht unbescheiden werden sehn. Welche von Manfreds Thaten berechtigt Sie, ihn als einen Räuber, als einen Meuchelmörder zu behandeln? Tugendhafte, leichtgläubige Fürstin, erwiederte Isabelle, er sucht nicht Ihren Tod, aber Ihre Entfernung. Er will sich scheiden. – Er will sich von mir scheiden! Von meiner Mutter scheiden! riefen Hippolite und Matilde zu gleicher Zeit.

Ja, das will er, sprach Isabelle; und um das Maas seines Frevels voll zu machen, will er – ich kann es nicht aussprechen! Was ist schlimmer, als Sie bereits gesagt haben? rief Matilde. Hippolite schwieg. Der Schmerz erstickte ihre Sprache, und die Erinnerung an Manfreds neuerliche zweydeutige Reden bekräftigte, was sie gehört hatte. Theure, vortrefliche Frau! Fürstin! Mutter! rief Isabelle, und umarmte ihre Knie in einem Ausbruch des Gefühls. Trauen Sie mir, glauben Sie mir, ich will tausendmal lieber sterben, als einwilligen, Ihnen Unrecht zu thun, als in einen so verhaßten Antrag willigen! – Dies geht zu weit, sprach Hippolite. So leitet ein Fehltritt zum andern. Stehn Sie auf, liebe Isabelle, ich zweifle an Ihrer Tugend nicht. Matilde, dieser Schlag ist zu schwer für dich! Weine nicht, mein Kind, murre nicht, ich befehl' es dir. Erinnere dich, er bleibt dein Vater. Aber Sie sind meine Mutter, erwiederte lebhaft Matilde, und Sie sind tugendhaft, Sie sind schuldlos. O, muß ich nicht, muß ich nicht klagen? Du mußt nicht, sprach Hippolite. Komm, alles wird gut gehn. Manfred war bestürzt über den Tod deines Bruders; er wuste nicht, was er sprach. Vielleicht verstand ihn Isabelle unrecht. Sein Herz ist gut. Mein Kind, du weißt nicht alles. Ein Verhängniß schwebt über uns, die Hand der Vorsicht ist ausgestreckt. Könnt' ich nur dich aus dem Schiffbruch retten! Ja! sprach sie mit festerem Ton, vielleicht wird meine Aufopferung für alle büßen. Ich gehe, und erbiete mich selbst zu dieser Trennung. Was aus mir wird, daran ist nichts gelegen. Ich will mich in das nahgelegene Kloster einschließen, und den Ueberrest meines Lebens mit Gebeten und Thränen hinbringen, für mein Kind und – den Fürsten! Sie sind viel zu gut für diese Welt, sagte Isabelle, wie Manfred zu schlecht ist. Aber glauben Ihre Hoheit nicht, daß Ihre Nachgiebigkeit mich bestimmen wird. Hier schwör' ich, vor allen Heiligen. – Ich beschwöre Sie, halten Sie ein! rief Hippolite. Bedenken Sie, daß Sie nicht von sich selbst abhängen, daß Sie einen Vater haben, – Mein Vater ist zu gottselig, und zu edelmüthig, unterbrach sie Isabelle, eine ruchlose That zu befehlen. Solte er sie aber befehlen; hat er ein Recht, mich zum Fluch zum zwingen? Ich war mit dem Sohn verlobt, kann ich den Vater heyrathen? Nein, gnädige Frau, nein! Keine Gewalt reißt mich zu Manfreds verhaßtem Lager. Er ist mir zuwider, er ist mir abscheulich! Göttliche und menschliche Gesetze entfernen mich von ihm! Und kann ich meiner Freundin, kann ich meiner theuersten Matilde zarte Seele verwunden, und ihre angebetete Mutter beleidigen? Meine Mutter! –

ich habe nie eine andre gekannt. O! sie ist unser beyder Mutter! rief Matilde. Wir können sie nie genug verehren! Geliebte Kinder, sprach gerührt Hippolite, eure Zärtlichkeit überwältigt mich – aber ich darf ihr nicht nachgeben. Uns kommt es nicht zu, für uns zu wählen. Der Himmel, unsre Väter, unsre Ehemänner, entscheiden über uns. Gebt Geduld, bis ihr erfahren werdet, was Manfred und Friedrich beschlossen haben. Nimmt der Markgraf Matildens Hand an, so weiß ich, sie wird willig gehorchen. Gott vermittle und verhüte das Uebrige. Was will mein Kind? fuhr sie fort, als sie Matilden in sprachloser Thränenflut zu ihren Füßen fallen sah. Antworte mir nicht, meine Tochter; ich darf kein Wort gegen den Willen deines Vaters vernehmen. O zweifeln Sie nicht an meinem Gehorsam, an meinem fürchterlichen Gehorsam gegen ihn und Sie! sprach Matilde. Aber kann ich, o verehrteste unter allen Frauen, kann ich diese Zärtlichkeit, diese ungemeine Güte erproben, und der besten Mutter einen Gedanken verhehlen? Was wollen Sie sagen? sprach Isabelle zitternd. Besinnen Sie sich, Matilde. Nein, Isabelle, antwortete die Prinzessin, ich verdiene diese unvergleichliche Mutter nicht, so lange im innersten Winkel meiner Seele ein Gedanke wider ihre Erlaubniß verweilt. Ja, ich habe sie beleidigt; ich habe eine Leidenschaft sich in mein Herz schleichen lassen, die nicht von ihr gebilligt ward: aber hier entsag' ich ihr, hier gelob' ich dem Himmel und ihr – Kind, Kind, sagte Hippolite, was muß ich hören? Welche neuen Unfälle thürmt das Schicksal über uns auf? Du nährst eine Leidenschaft? Du, in dieser Stunde der Zerstörung? O! ich fühle meine ganze Schuld, sprach Matilde. Ich verabscheue mich selbst, wenn ich meine Mutter betrübe. Sie ist mein theuerstes Gut auf der Welt. Ich will ihn niemals wie der sehn! Isabelle, sagte Hippolite, Sie wissen um dieses unglückliche Geheimniß. Es sey was es wolle, reden Sie. Wie? rief Matilde, hab' ich meiner Mutter Liebe so ganz verlohren, daß sie mich selbst über meine Fehler nicht mehr hören will? So ist es aus mit mir, so muß ich sterben. Sie sind zu grausam, gnädige Frau, sprach Isabelle zu Hippoliten. Können Sie ihre tugendhafte Seele so beängstigt sehn, und sich ihrer nicht erbarmen? Ich solte mich meines Kindes nicht erbarmen? sprach Hippolite, und schloß ihre Tochter in ihre Arme. O! ich weiß, sie ist gut, sie ist ganz Tugend, ganz Zärtlichkeit und Gehorsam. Ich vergebe dir, meine trefliche, meine einzige Hofnung!

Darauf entdeckten die Prinzessinnen Hippoliten ihre beiderseitige Neigung zu Theodoren, und Isabellens Entschluß, ihn an Matilde abzutreten. Hippolite tadelte ihre Unvorsichtigkeit, und bewies ihnen, wie unwahrscheinlich es sey, daß einer ihrer Väter seine Erbin einem so armen Mann, obgleich von edler Geburt, zusagen würde. Einigen Trost gab es ihr, ihre Leidenschaft so jung zu finden, und zu erfahren, daß Theodor sich von keiner so etwas gewärtigen könne. Sie befahl ihnen, allen Umgang mit ihm aufs sorgfältigste zu vermeiden. Matilde versprach es eifrig. Isabelle schmeichelte sich, sie denke an nichts, als seine Verbindung mit ihrer Freundin zu befördern; konnte folglich den Entschluß nicht fassen, ihm auszuweichen, und antwortete nicht. Ich will ins Kloster gehn, sprach Hippolite, und neue Seelenmessen besprechen, um uns von diesen Uebeln zu erlösen. O meine Mutter, rief Matilde, Sie wollen uns verlassen! Sie wollen an heiliger Stäte bleiben, und meinem Vater Gelegenheit geben, sein verderbliches Vorhaben auszuführen! Ach! ich beschwöre Sie auf meinen Knien, bleiben Sie bey uns! Lassen Sie mich nicht in Friedrichs Hände fallen! Ich folge Ihnen in das Kloster! Sey ruhig, mein Kind, versetzte Hippolite. Ich komme gleich zurück. Ich will dich nie verlassen, bis ich erfahre, es sey der Wille des Himmels, und dein Bestes. Hintergehn Sie mich nicht, sprach Matilde. Ich werde nie Friedrichs Gemahlin, bis Sie es mir befehlen. Ach! was wird aus mir werden? Warum fragst du das? sprach Hippolite. Ich verspreche dir, ich komme wieder. O bleiben Sie, Mutter, versetzte Matilde, und retten Sie mich vor mir selbst! Ihr Kummer vermag mehr über mich, als alle Strenge meines Vaters. Ich habe mein Herz weggegeben. Sie allein können machen, daß ich es wieder gewinne! Kein Wort mehr, sprach Hippolite; du must nicht zurückgehn, Matilde. Ich kann Theodoren verlassen, sagte sie; muß ich aber die Gattin eines andern werden? Ich will Sie an den Altar begleiten, und mich selbst vor der Welt auf ewig verschließen. Dein Schicksal hängt von deinem Vater ab, sprach Hippolite. Meine Zärtlichkeit war übel angebracht, wenn sie dich lehrte, irgend etwas höher zu ehren, als ihn. Leb wohl, Kind, ich gehe für dich zu beten.

Hippolitens wirklicher Vorsatz war, Geronimo zu fragen, ob sie nicht mit gutem Gewissen in die Ehescheidung willigen könne. Oft schon drang sie in Manfred, dem Fürstenthum zu entsagen, dessen Besitz ihrem zarten Gefühl eine stündliche Last war. Diese Zweifel trugen dazu bey, ihr eine Trennung von ihrem Gemahl weniger schrecklich scheinen zu lassen, als sie ihr in jeder andern Lage vorgekommen seyn würde.

Da Geronimo am Abend die Burg verließ, forderte er strenge von Theodor, ihm zu sagen, warum er ihn gegen Manfred beschuldigt habe, daß er Theil an seiner Flucht genommen? Theodor gestand, er habe das aus der Absicht gethan, zu verhindern, daß nicht Manfreds Argwohn auf Matilde fallen mögte; und setzte hinzu: Geronimo's heiliges Leben und Amt sey ja vor dem Zorn des Tyrannen gedeckt. Es that Geronimo herzlich weh, seines Sohnes Neigung für die Prinzessin zu entdecken; er überließ ihn der Ruhe, und versprach, ihm am nächsten Morgen wichtige Gründe mitzutheilen, warum er seine Leidenschaft überwältigen müsse. Theodor war, wie Isabelle, mit dem väterlichen Ansehn zu kurze Zeit bekannt, um dessen Entscheidungen gegen die Triebe seines Herzens gelten zu lassen; wenig neugierig, die Gründe des Klosterbruders zu erfahren, und noch weniger gestimmt, ihnen zu gehorchen. Die liebliche Matilde hatte stärkeren Eindruck auf ihn gemacht, als kindliche Zuneigung. Die ganze Nacht ergötzte er sich an Träumen der Liebe, und lange nach dem Morgengebet erinnerte er sich erst, daß der Mönch ihn an Alfonso's Grab beschieden habe.

Jüngling, sprach Geronimo, da er ihn ansichtig ward, dein Zaudern mißfällt mir. Haben die Befehle eines Vaters schon so wenig Gewicht? Theodoren wolten die Entschuldigungen nicht recht glücken; er schob seine Verspätung darauf, daß er zu lange geschlafen habe. Hast du nicht auch geträumt? fragte der Mönch mit strengem Ton. Sein Sohn erröthete. Unbesonnener! fuhr der Klosterbruder fort, dem darf nicht also seyn. Reiß diese schuldige Leidenschaft aus deinem Herzen. – Schuldige Leidenschaft! rief Theodor. Wohnt die Schuld, bey schöner Unschuld und sittsamer Tugend? Es ist Sünde, erwiederte der Mönch, die zu lieben, die der Himmel zum Verderben verdammt. Das Geschlecht des Tyrannen wird von der Erde vertilgt, bis ins dritte und vierte Glied. Kann der Himmel die Missethat der Frevler an den Reinen heimsuchen? sprach Theodor. Die reizende Matilde hat Tugenden genug – Dich unglücklich zu machen, unterbrach ihn Geronimo. Hast du sobald vergessen, daß der wilde Manfred zweymal dein Todesurtheil sprach? Ich habe eben so wenig vergessen, erwiederte Theodor, daß seiner Tochter Erbarmen mich aus seiner Hand erlöste. Unrecht kann ich vergessen, Gutthaten niemals.

Das Unrecht, welches Manfreds Geschlecht dir erwiesen, sprach der Mönch, übersteigt deine Begriffe. – Antworte nicht, sondern blick auf dies geweihte Denkmal. Unter diesem Marmor ruht die Asche Alfonso des Guten. Er war ein Fürst mit jeglicher Tugend geschmückt, der Vater seines Volks, die Freude der Menschen, Knie nieder vor ihm, halsstarriger Jüngling, und horch auf. Dein Vater soll dir ein grausenvolles Geheimniß enthüllen, das jedes Gefühl aus deiner Seele treiben wird, nur den Vorsatz gottgefälliger Rache nicht. Alfonso! höchstbeleidigter Fürst! Möge dein unbefriedigter Schatten, Ehrfurcht gebietend, mich im Schauer dieser Luft umschweben, daß meine zitternden Lippen – Ein Fußtritt naht sich! Wer ist da? Die unglücklichste der Frauen, antwortete Hippolite, und trat in das Chor. Darf ich näher kommen? Warum kniet dieser junge Mann? Was seht ihr beyde so bleich und grauenvoll? Was bringt euch zu diesem verehrten Grabe? Ist ein Geist euch erschienen? Wir hatten uns vor dem Himmel niedergeworfen, antwortete der Mönch ganz verwirrt, ihn anzuflehn, daß er den Plagen dieses jammervollen Landes ein Ende mache. Verbinden Sie sich mit uns, gnädige Frau. Vielleicht erhält Ihre makellose Seele eine Ausnahme von dem Gericht, das die Schreckenszeichen dieser Tage, nur zu sprechend, über Ihr Haus verkündigen. Ich bitte Gott inbrünstig, es abzuwenden, sprach die fromme Fürstin. Sie wissen, ich habe mein Leben hingebracht, Segen für meinen Gemahl und für meine schuldlosen Kinder zu erbitten. Ach! mein Sohn ist von mir genommen! Höre nur der Himmel mein Gebet für die arme Matilde! Ehrwürdiger Vater, reden Sie für die. – Jedes Herz muß sie segnen! rief Theodor mit Entzücken. – Schweig, vorlauter Jüngling, sprach Geronimo. Liebevolle Mutter, lehnen Sie sich nicht gegen die Rathschläge des Himmels auf. Der Herr hats gegeben, der Herr hats genommen, der Nahme des Herrn sey gelobt! Ich lobe ihn jeden Augenblick, sprach Hippolite. Aber wird er meines einziges Trostes nicht verschonen? Muß auch Matilde sterben? Ach, ehrwürdiger Vater, ich kam – aber entlassen Sie Ihren Sohn. Was ich noch zu sagen habe, darf kein sterbliches Ohr vernehmen, als das Ihrige. Treliche Fürstin! sagte Theodor, indem er sich entfernte, Gott wolle alles gewähren, was Ihre Hoheit begehrt! Geronimo sah finster aus. Darauf entdeckte Hippolite ihrem Gewissensrath, welchen Vorschlag sie Manfred angegeben habe; daß er ihn gebilligt, und jetzt hingegangen sey, Matilde Friedrichen anzubieten. Geronimo konnte nicht verbergen, wie sehr ihm der Anschlag misfiel; er versteckte sich aber hinter dem Vorwand, es sey ihm unwahrscheinlich: daß Friedrich, Alfonso's nächster Blutsverwandter, der sein Erbtheil zu fordern hergekommen, mit dem unrechtmäßigen Besitzer seines Eigenthums sich verschwägern würde. Aber nichts glich der Bestürzung des Klosterbruders, als ihm Hippolite gestand, sie finde sich bereit, der Ehescheidung nichts in den Weg zu legen, und ihn um seine Meinung fragte, ob sie sich bey ihrer Nachgiebigkeit beruhigen könne? Da war der Mönch sehr eifrig, den Rath zu ertheilen, den sie von ihm begehrte, und ohne zu erklären, warum er der vorhabenden Heirath zwischen Manfred und Isabellen so abgeneigt sey, schilderte er Hippoliten die Sündlichkeit ihrer Einwilligung mit den allerbeunruhigendsten Farben, drohte Gottes Gericht, wenn sie nachgäbe, und befahl ihr auf das strengste, jeden Vorschlag dieser Art, mit ausgezeichnetem Unwillen zu verwerfen.

Unterdessen hatte Manfred Friedrichen zugesprochen, und ihm die gedoppelte Verbindung vorgeschlagen. Dieser schwache Fürst war von Matildens Reizen bezaubert, und ließ sich das Anerbieten nur zu gern gefallen. Er vergaß seine Feindschaft gegen Manfred, welchen mit Gewalt aus seinem Besitz zu setzen, er wenig Hofnung vor sich sah. Vielleicht, schmeichelte er sich, werde die Verbindung seiner Tochter mit dem Tyrannen keinen Nachfolger hervorbringen, und so sey ihm, durch seine Vermählung mit Matilden, die Erbnahme erleichtert. Er wandte also nicht viel gegen den Antrag ein, und stellte sich nur zum Schein, als könne er nicht zusagen, bis Hippolite ihre Beystimmung zur Ehescheidung gegeben habe. Dies nahm Manfred über sich. Entzückt über diesen glücklichen Erfolg, und ungeduldig, sich in den Fall zu setzen, wo er Söhne erwarten könne, eilte er in das Zimmer seiner Gemahlin, entschlossen, ihr Gefälligkeit abzudringen. Unwillig erfuhr er, sie sey ins Kloster gegangen. Sein Gewissen gab ihm ein, Isabelle habe sie wahrscheinlich von seinem Vorsatz unterrichtet. Es fiel ihm bey, sie möchte sich vielleicht ins Kloster begeben, um dort zu bleiben, bis sie ihrer Scheidung Hindernisse in den Weg legen könne. Geronimo war ihm immer verdächtig gewesen; daher besorgte er, der Klosterbruder werde nicht nur seinen Absichten widerstehn, sondern habe auch Hippoliten den Entschluß eingeflößt, sich an heilige Stäte zu verfügen.

Ungeduldig, dies Räthsel zu lösen, und jenen Wirkungen entgegen zu arbeiten, eilte Manfred ins Kloster, und kam grade an, als der Mönch die Fürstin aufs eifrigste ermahnte, der Ehescheidung niemals Raum zu geben.

Was suchen Sie hier, Fürstin? sprach Manfred. Warum konnten Sie nicht warten, bis ich vom Markgrafen zurückkam? Ich ging hieher, versetzte Hippolite, Ihrer Hoheit Rathschlüssen Segen zu erflehen. Meine Rathschläge bedürfen keiner pfäffischen Vermittelung, sprach Manfred. Giebt es denn unter allen Menschenkindern keinen Vertrauten für Sie, als diesen grauen Verräther? Sie lästern, gnädiger Herr, sprach Geronimo. Sie treten zum Altar, um die Diener des Altars zu verhöhnen. Aber Manfreds ruchlose Plane liegen am Tage. Der Himmel kennt sie, und diese tugendhafte Fürstin. Zornige Blicke schrecken mich nicht, gnädiger Herr. Die Kirche verachtet Ihre Drohungen. Der Kirche Donner sprechen lauter als Manfreds Wuth. Wagen Sie es, Ihr verfluchtes Vorhaben der Ehescheidung weiter zu betreiben, bis der heilige Vater in Rom darüber entschieden hat, so werfe ich seinen Bannstrahl auf Ihr Haupt. Vermeßner Rebell! sprach Manfred, und gewann es über sich, den Schauder zu verbergen, womit ihn die Worte des ehrwürdigen Geistlichen erfüllten; darfst du dich erfrechen, deinen rechtmäßigen Fürsten zu bedrohn? Sie sind kein rechtmäßiger Fürst, sagte Geronimo, Sie sind kein Fürst! Gehn Sie, Ihre Ansprüche gegen den Markgrafen zu bewähren, und ist das geschehn, – Es ist geschehn, versetzte Manfred. Friedrich erwählt Matilden zur Gemahlin, und ist zufrieden, seine Ansprüche aufzugeben, wenn ich männliche Nachkommenschaft erhalte. – Da er diese Worte sprach, ließ die Bildsäule Alfonso's drey Tropfen Bluts aus ihrer Nase fallen. Manfred erblaßte. Die Fürstin sank auf ihre Knie. Sehn Sie, sprach der Mönch; erkennen Sie an diesem wunderbaren Zeichen, daß Alfonso's Blut sich mit dem Blute Manfreds nie vermischen will. O mein Gemahl, sprach Hippolite, lassen Sie uns dem Himmel unterworfen seyn. Nicht, daß Ihre immer gehorsame Gattin sich gegen Ihr Ansehn empört. Sie will nichts, als was Sie wollen und die Kirche. Dieser ehrwürdige Richterstuhl entscheide über uns. Wir dürfen ja die Bande, die uns vereinigen, nicht auflösen. Billigt die Kirche die Auflösung unsrer Ehe, so geschehe sie. Ich habe nur wenig kummervolle Jahre zu leben. Wo kann ich sie so gut verbringen, als am Fuß dieses Altars, als in Gebeten für Ihr Heil und Matildens? –

Aber bis dahin dürfen Sie nicht hier bleiben, sagte Manfred. Folgen Sie mir in die Burg. Dort werd' ich an die gehörigen Mittel denken, eine Ehescheidung zu bewirken. Der pfäffische Zwischenträger kommt dort nicht hin! Mein gastfreyes Dach soll keinen Verräther beschützen. Und deiner Wohlehrwürden Sprößling, fuhr er fort, verbann' ich aus meinen Landen. Er ist, meyn' ich doch, keine heilige Person, und steht nicht unter dem Schutz der Kirche. Wer auch Isabellens Gemahl wird, es ist nie der Sohn, der dem Bruder Falconara über Nacht aufgeschossen ist. Die sind über Nacht aufgeschossen, antwortete der Mönch, die man unversehens auf dem Sitze rechtmäßiger Fürsten gewahr wird; aber sie verwelken, wie eine Blume auf dem Felde, und ihre Stäte kennet sie nicht mehr. Manfred warf einen verächtlichen Blick auf den Klosterbruder, und führte Hippoliten hinaus; aber an der Kirchthüre raunte er einem seiner Diener ins Ohr, sich in der Nachbarschaft des Klosters zu verstecken, und ihm augenblicklich Nachricht zu bringen, wenn jemand aus der Burg sich dahin begeben würde.

Fünfter Abschnitt.

Jede Betrachtung, die Manfred über Geronimo's Betragen anstellte, trug dazu bey, ihn zu überreden, der Mönch unterstütze einen Liebeshandel zwischen Isabellen und Theodoren. Aber Geronimo's neuerliche Anmaaßlichkeit, die von seiner vorherigen Sanftmuth merklich abstach, ließ ihn noch unendlich mehr besorgen. Der Fürst argwöhnte sogar, der Mönch steife sich auf eine geheime Unterstützung Friedrichs, dessen Ankunft mit dem befremdenden Auftritt Theodors zusammentraf, und in Verbindung zu stehen schien. Noch verlegner machte ihn die Aehnlichkeit Theodors mit Alfonso's Bildniß. Der letzte, wußte er, sey außer allem Zweifel ohne Nachkommen gestorben. Indessen hatte doch Friedrich ihm Isabellen zugesagt. Diese Widersprüche erfüllten sein Gemüth mit unzählichen Qualen. Er sah nur zwey Wege, sich aus diesen Schwierigkeiten zu ziehn. Der eine war, seine Herrschaft dem Markgrafen abzutreten. Stolz, Ehrgeiz und Vertrauen auf alle Weissagungen, die eine Möglichkeit anzudeuten schienen, sie für seine Nachkommen zu bewahren, bekämpften diesen Gedanken. Der andre war, seine Verbindung mit Isabellen zu beschleunigen. Lange schwebt' er zwischen diesen ängstlichen Vorstellungen, und ging schweigend neben Hippoliten der Burg zu. Endlich besprach er sich mit dieser Fürstin über den Gegenstand seiner Unruhe, und bediente sich jedes einschmeichelnden und scheinbaren Grundes, sie in die Ehescheidung willigen, sie sogar versprechen zu lassen, sie zu befördern. Hippolite bedurfte wenig Ueberredung, sich nach seinem Gefallen zu lenken. Erst versuchte sie, ihn für die Maasregel einzunehmen, seiner Regierung zu entsagen: als sie aber fand, wie fruchtlos ihre Ermahnungen waren, versicherte sie ihm, so weit es mit ihrem Gewissen bestehen könne, wolle sie einer Trennung kein Hinderniß in den Weg legen; obgleich sie unmöglich sich thätig erweisen könne, darauf zu dringen, so lange er ihr keine bessere Gründe dafür anführen werde, als er bisher gethan.

Diese Gefälligkeit war freylich nicht ganz genügend, doch hinreichend, Manfreds Hofnungen zu erwecken. Er vertraute, seine Macht und Reichthum würden sein Gesuch am Römischen Hofe leichtlich fördern, daher nahm er sich vor, den Markgrafen zu bereden, dorthin zu reisen. Dieser Fürst hatte sich seine Neigung für Matilden so sehr merken lassen, daß Manfred alle seine Wünsche zu erlangen hofte, wenn er seiner Tochter Reize ihm bald näher brächte, bald entfernte, je nachdem der Markgraf mehr oder weniger geneigt scheinen würde, zu seinen Absichten mitzuwirken. Selbst durch Friedrichs Abwesenheit, würde er wesentlich gewinnen, indem er unterdessen Maasregeln für seine Sicherheit nehmen könne.

Er entließ Hippoliten in ihr Gemach, und ging zum Markgrafen; als er aber seinen Weg durch die große Halle nahm, stieß er auf Bianca. Das Mädchen, wuste er, besaß beyder Fräulein Vertrauen. Sogleich fiel es ihm ein, sie über Isabellen und Theodoren auf den Zahn zu fühlen. Er rief sie bey Seite in den Winkel des Fensterbogens der Halle, schmeichelte ihr mit viel freundlichen Worten und Versprechungen, und fragte sie endlich, ob sie nicht wisse, wie es mit Isabellens Herzen stehe? Ich? gnädiger Herr – nein, gnädiger Herr – ja, gnädiger Herr – das arme Fräulein! Sie ist so wundersamlich bekümmert um ihres Vaters Wunden. Aber ich sage ihr, er wird besser werden. Meynen Ihre Hoheit nicht auch? Ich frage dich nicht, wie sie über ihren Vater denkt, versetzte Manfred. Du bist ihre Vertraute.

Komm, sey ein gutes Mädchen, und laß mich wissen; giebts irgend einen jungen Mann – He? – Du verstehst mich. – Heilige Mutter! ich solte Ihre Hoheit verstehn? Nein, nein, das untersteh' ich mich nicht – Ich sagte ihr einige schmerzenstillende Kräuter, und Schlaf – Wer spricht mit dir von ihrem Vater? versetzte der Fürst ungeduldig. Ich weiß, er wird besser werden. – Gottlob! daß Ihre Hoheit das sagen. Ich wolte nur dem jungen Fräulein nicht den Muth benehmen, sonst schien es mir selbst, als sähen Seine Hoheit sehr bleich aus, und hätten so etwas – Ihre Hoheit erinnern sich noch wohl, als Don Fernando von dem Venetianer verwundet war – Du antwortest nie, was man dich fragt, unterbrach sie Manfred. Da, nimm diesen Ring, vielleicht wird der deine Gedanken besser zusammenhalten. Mach keine Umstände. Damit soll meine Gunst sich nicht begnügen. Aber nun antworte mir auch ehrlich: wie stehts mit Isabellens Herzen? Ihre Hoheit können was Sie wollen, antwortete Bianca. Sicher und gewiß. Aber können Ihre Hoheit auch schweigen? wenn mich Ihre Hoheit je verriethen. – Das werd' ich nicht, sprach Manfred. – Ja, wenn ich verlangen dürfte, daß mirs Ihre Hoheit zuschwüren. Heilige Mutter! wenn man jemals dahinterkäme, ich habe so etwas gesagt. Nun, Wahrheit bleibt Wahrheit! Ich glaube nicht, daß Fräulein Isabelle jemals den gnädigen Junker, Ihrer Hoheit Herrn Sohn, von Herzen lieb gehabt hat. Es war doch so ein hübscher, junger Herr. Gewiß und wahrhaftig! wär' ich eine Prinzessin – aber Gott sey mir gnädig! ich muß Fräulein Matilden aufwarten, sie wird sich wundern, was aus mir geworden ist. – Halt! rief Manfred, du hast meiner Frage nicht genug gethan. Hast du je eine Bestellung ausgerichtet? Briefe getragen? – Ach! du lieber Himmel! rief Bianca. Ich solte Briefe tragen? Das wollt' ich nicht, wenn ich eine Königin werden könnte. Ich bin arm, aber ich hoffe, Ihre Hoheit halten mich für ehrlich! Haben Ihre Hoheit nicht gehört, was mir Graf Marsigli bieten ließ, als er um Fräulein Matilden anhielt? Ich habe keine Zeit, deine Historien anzuhören, sprach Manfred. Ich zweifle an deiner Ehrlichkeit nicht. Aber eben um der Ehrlichkeit willen, bist du verpflichtet, mir nichts zu verhehlen. Wie lange ist Isabelle mit Theodoren bekannt? Ihre Hoheit wissen auch alles! rief Bianca. Nur ich weiß leider ganz und gar nichts. Theodor ist freylich ein wackrer junger Mann, und, wie Fräulein Matilde sagt, das wahre Ebenbild Alfonso des Guten. Haben's Ihre Hoheit auch bemerkt? – Ja, ja – nein –

Quäle mich nicht, sprach Manfred. Wo hat sie ihn gesehn? und wann? – Wer? Fräulein Matilde? fragte Bianca. Nein, nein, nicht Matilde, Isabelle. Wann hat Isabelle Theodoren zuerst kennen lernen? Heilige Mutter! antwortete Bianca, wie soll ich das wissen? Du weißt es, erwiederte Manfred, und ich will, ich muß es wissen. – Gott bewahre! Ihre Hoheit ist doch nicht eifersüchtig auf den jungen Theodor? fragte Bianca. – Eifersüchtig? warum solte ich eifersüchtig seyn? Nein, nein, vielleicht geb' ich sie zusammen, wenn Isabelle nichts dawider hat. – Dawider? Nein, dafür steh' ich, sagte Bianca. Es ist ein so hübscher Junge, als jemals einen christlichen Boden betreten hat. Wir mögen ihn alle gern leiden. Es ist keine Seele von uns in der Burg, die ihn nicht gern zu unserm Fürsten hätte, – ich meine, wenn es dem Himmel gefallen solte, Ihre Hoheit abzufordern. – In der That? sprach Manfred, geht das so weit? Der verfluchte Pfaff! Ich darf keine Zeit verlieren. Geh, Bianca, bediene Isabellen: aber ich befehle dir, kein Wort von dem zu verrathen, was unter uns vorgefallen ist. Such ein wenig auszuspähen, wie sie gegen Theodor gesinnt ist. Bring mir gute Neuigkeiten, und wo der Ring war, sind mehr. Erwarte mich am Fuß der Windeltreppe. Ich gehe jetzt, den Markgrafen zu besuchen: wenn ich wiederkomme, reden wir weiter.

Nach einigen allgemeinen Gesprächen ersuchte Manfred Friedrichen, die beyden Ritter aus seiner Gesellschaft zu entlassen, weil er über dringende Geschäfte mit ihm zu reden habe. Sobald sie allein waren, begann er auf eine schlaue Weise den Markgrafen über Matilden auszuforschen. Da er ihn nach seinem Wunsche gestimmt fand, ließ er einige Winke fallen, wie schwer es halten würde, die Heyrath zu vollziehn, bis – Indem stürzte Bianca ins Zimmer mit so wilden Blicken und Gebehrden, daß sie den höchsten Grad des Schreckens verriethen. O! gnädiger Herr! gnädiger Herr! rief sie; wir sind alle verlohren! Er ist wieder da! er ist wieder da! Wer ist wieder da? fragte Manfred Erstaunens voll. O der Riese! seine Faust! sein Handschuh! Gott steh mir bey! Ich verliere noch den Verstand darüber! rief Bianca. In der Burg bleib ich keine Nacht länger. Wo soll ich hin? Meine Sachen können morgen nachgeschickt werden! Wär' ich nur Francesco's Frau! Das kommt davon, wenn man zu hochmüthig ist! Was hat dich so erschreckt, armes Mädchen? sagte der Markgraf. Hier bist du sicher: fürchte nichts. O! Ihre Hoheit sind aus der Maaßen gütig, antwortete Bianca, aber ich wage nicht,

– Ich bitte, lassen Sie mich gehn. Ich will lieber nackend in die Welt hinaus, als eine Stunde länger unter diesem Dach bleiben. Du bist nicht gescheut, sprach Manfred. Unterbrich uns nicht, wir sprechen hier von wichtigen Dingen. Mein Fürst, dies Mädchen hat hysterische Zufälle. Geh hinaus, Bianca. – O bey allen Heiligen, nein! sagte Bianca. Er kommt sicherlich, Ihre Hoheit zu warnen? Warum solte er mir sonst erscheinen? Ich bete alle Morgen meine drei Abendsegen. O! wenn Ihre Hoheit nur dem Jago hätten glauben wollen. Dies ist die Hand, die zu dem Fuß gehört, im Galleriezimmer! Vater Geronimo hat uns oft gesagt, in diesen Tagen würde die Weissagung wahr werden. Bianca, sprach er, merk auf meine Worte – Du bist toll, sprach Manfred wüthend, deinen Cameraden kannst du solche Possen glauben machen. – Ihre Hoheit meynen wohl, ich hätte nichts gesehn? rief Bianca. Gehn Sie nur selbst die Treppe hinunter. So wahr ich lebe, ich sah ihn! Wen sahst du, gutes Mädchen? fragte Friedrich. Wie mag nur Ihre Hoheit, sprach Manfred, auf das Fiebergeschwätz einer albernen Dirne hören wollen, der man so lange Gespenstermährchen vorerzählt hat, bis sie glaubt. Dies ist mehr als Einbildung, sagte der Markgraf, ihr Schrecken ist zu natürlich und zu heftig, für ein Werk der Phantasie. Sag' uns, schönes Kind, was dich so sehr erschüttert hat. Ja, gnädiger Herr, ich danke Ihre Hoheit, sagte Bianca. Ich sehe wohl recht blaß aus, wenn ich mich erholt habe, wird das schon besser werden. Ich ging nach dem Zimmer der Fräulein Isabelle, wie mir Seine Hoheit befohlen hatten. – Das brauchen wir alles nicht! unterbrach sie Manfred. Nach der Erscheinung fragt der Fürst, von der sprich, und sey kurz. Ihre Hoheit fahren einen immer so an! versetzte Bianca. Mein Haar mag in einer schönen Unordnung seyn – so muß ich in meinem Leben nicht –Recht! wie ich die Ehre hatte, Ihrer Hoheit zu sagen, Seine Hoheit befahlen mir, mich zu Fräulein Isabellen zu begeben. Sie wohnt im blaßblauen Zimmer, eine Treppe hoch, rechter Hand. Als ich nun an die große Treppe kam, und eben den Ring betrachtete, den mir Seine Hoheit geschenkt haben – Zur Sache, Mensch! fuhr sie Manfred an. Was soll es dem Markgrafen, zu wissen, daß ich dir für die treue Bedienung meiner Tochter eine Kleinigkeit schenkte? Was du sahst, wollen wir wissen! Dabey bin ich grade, sagte Bianca, aber Ihre Hoheit lassen einen nicht ausreden! Ich rieb just den Ring ein wenig, und war gewiß noch nicht drey Stufen hinaufgestiegen, so hört' ich ein Geklirr wie Eisen, als ob Küraß und Schwerdt zusammenschlügen.

Liebster Welt, wie Jago sagt, daß der Riese im Galleriezimmer gegen ihn angegangen sey. – Was meynt sie damit, mein Fürst? sagte der Markgraf. Hausen Riesen und Poltergeister in dieser Burg? Ey du mein lieber Heyland! Haben Ihre Hoheit die schöne Geschichte, von dem Riesen aus dem Galleriezimmer, noch nicht gehört? fragte Bianca. Das soll mich ja Wunder nehmen, wenn der gnädige Herr davon nichts erzählt hat. So wissen Ihre Hoheit auch wohl nicht einmal, von der prächtigen Prophezeihung? – Das ist nicht auszuhalten, unterbrach sie Manfred. Laß uns das alberne Mädchen fortschicken, mein Fürst. Wir haben wichtigere Gegenstände abzumachen. Erlauben Sie mir, sprach Friedrich, dies sind auch keine Kleinigkeiten. Das ungeheure Schwerdt, das mir im Walde angewiesen ward; der Helm, zu dem es sich gesellt: sind auch das Träume dieses unschuldigen Mädchens? So denkt Diego auch, mit Ihrer Hoheit Wohlnehmen, sagte Bianca. Er spricht, der Mond geht nicht zu Ende, bis wir eine große Veränderung erleben. Mich solls nicht Wunder nehmen, wenn die morgen im Tage eintrifft: denn, wie gesagt, als ich das Waffengerassel hörte, lief mir der kalte Schweis über den ganzen Leib. Ich blickte in die Höhe, und Ihre Hoheit mögen mir glauben, ich erblickte auf dem obern Geländer der großen Treppe eine geharnischte Hand, so groß und dick – Ich dachte, ich müste in Ohnmacht fallen: ich bin in einem Satz hieher gelaufen. Wolte Gott, ich wäre mit heiler Haut aus der Burg! Fräulein Matilde sagte mir noch gestern Morgen, unsre gnädige Fürstin wisse etwas – Unverschämte! hieß sie Manfred schweigen. Herr Markgraf, eine bittre Ahndung überfällt mich, daß dieser Auftritt abgeredet sey, mich zu beleidigen. Sind meine eignen Leute bestochen, ehrenrührige Mährchen von mir auszubringen? Machen Sie Ihre Ansprüche durch männliche Tapferkeit geltend; oder lassen Sie uns, meinem Vorschlage gemäß, unsre Fehde durch die Wechselheyrath unsrer Kinder begraben: aber glauben Sie mir, es ziemt keinem Fürsten, Mägde zu erkaufen. – Der Vorwurf ist unter mir, sagte Friedrich. Bis diese Stunde hab' ich diese Jungfrau nie gesehn. Ich schenkt' ihr keinen Edelstein. Manfred, Manfred, Ihr Gewissen, Ihre Verschuldung klagt Sie an, und mögte gern den Verdacht auf mich werfen. Behalten Sie Ihre Tochter, und denken Sie nicht mehr an Isabellen. Die Gerichte, die schon über Ihr Haus ergangen sind, verbieten mir, mich mit ihm zu verbinden. Manfreden beunruhigte der entschlossene Ton, mit dem Friedrich diese Worte sprach, also suchte er ihn zufrieden zu reden. Er schickte

Bianca fort, und war so nachgebend gegen den Markgrafen, wußte Matildens Vorzüge so geschickt herauszustreichen, daß Friedrich noch einmal wankte. Doch konnte eine so junge Leidenschaft, wie die seinige, die Gewissenszweifel, die in ihm aufgestiegen waren, nicht sogleich überwinden. Bianca's Reden gaben ihm genugsam zu verstehn, daß der Himmel selbst sich gegen Manfred erklärt habe. Die vorgeschlagenen Vermählungen schoben seine Ansprüche weit hinaus: und der gegenwärtige Besitz des Fürstenthums Otranto reizte ihn mehr, als die Möglichkeit, es dereinst durch Matilden zu erben. Doch wolte er die Unterhandlung nicht ganz abbrechen, sondern Zeit gewinnen; und so fragte er: ob Hippolite wirklich in die Ehescheidung willige? Manfred war entzückt, kein andres Hinderniß zu finden, und versicherte den Markgrafen, im Vertrauen auf seinen Einfluß über seine Gemahlin, dem sey also, er könne sich aus ihrem eignen Munde von der Wahrheit überzeugen.

Indem berichtete man ihnen, die Tafel sey aufgetragen. Manfred führte Friedrichen zur großen Halle, wo Hippolite und die jungen Prinzessinnen sie empfingen. Manfred setzte den Markgrafen neben Matilden, sich selbst zwischen seine Gemahlin und Isabellen. Hippolite bezeigte einen gefälligen Ernst; die jungen Damen waren still und schwermüthig. Manfred war entschlossen, diesen Abend noch mit dem Markgrafen weiter zu kommen, ließ das Mahl lange dauern, stellte sich über die Maassen frölich, und brachte Friedrichen unablässig volle Becher zu. Dieser war mehr auf seiner Hut, als Manfred wünschte; und schlug, unter dem Vorwande seines neulichen Blutverlustes die überhäuften Anforderungen aus. Der Fürst aber, um seine eignen verwirrten Lebensgeister zu erwecken, und unbesorgt zu scheinen, erlaubte sich viel zu trinken; doch ging er nicht bis zum Rausch.

Es war spät, die Tafel ward aufgehoben. Manfred wolte Friedrichen mit sich nehmen. Dieser gab vor, schwach und ruhbedürftig zu seyn, und sein Zimmer suchen zu müssen; doch, setzt' er verbindlich hinzu, soll meine Tochter Ihrer Hoheit Gesellschaft leisten, so lange ich mich dessen nicht fähig fühle. Manfred nahm das Anerbieten an, und begleitete Isabellen, zu ihrem nicht geringen Kummer, in ihr Gemach. Matilde folgte ihrer Mutter auf den Wällen der Burg, die Kühlung des Abends zu genießen.

Sobald die Gesellschaft auseinander gegangen war, verließ Friedrich sein Zimmer, und fragte, ob Hippolite allein sey. Einer ihrer Bedienten, der nicht bemerkt hatte, daß sie ausgegangen war, antwortete ihm: um diese Zeit pflege sie sich gewöhnlich in ihre Betcapelle zu begeben, wo er sie wahrscheinlich finden werde. Der Markgraf hatte während des Mahls Matilden mit zunehmender Neigung betrachtet. Er wünschte jetzt Hippoliten in der Stimmung zu finden, die ihr Gemahl ihm versprochen hatte. Die Schreckenszeichen, die ihn beunruhigten, waren über seine Begierden vergessen. Leise und unbemerkt stahl er sich zu Hippolitens Gemach, entschlossen, sie zur Einwilligung in die Ehescheidung aufzumuntern, weil er bemerkt hatte, daß Manfred des festen Vorsatzes sey, den Besitz Isabellens als eine unwandelbare Bedingung festzusetzen, ehe er Matilden seinen Wünschen zusagen werde.

Der Markgraf wunderte sich nicht, alles still im Gemach der Fürstin zu finden. Er schloß, sie sey in ihrem Betzimmer, wie man ihm berichtet hatte, und ging vorwärts. Die Thür war angelehnt; die Erleuchtung dunkel und beschattet. Da er die Thür sanft zurückdrückte, sah er eine Person vor dem Altar knien. Er trat näher, es war kein Frauenzimmer, sondern jemand in langem härnen Gewande, den Rücken gegen ihn gekehrt. Er schien im Gebet versunken. Eben wolte der Markgraf wieder gehn, als die Gestalt sich erhob, eine kurze Weile nachdenkend da stand, und sich nicht umsah. Der Markgraf erwartete, der heilige Mann würde etwa herauskommen, und wolte sich entschuldigen, ihn vielleicht gestört zu haben. Ehrwürdiger Vater, sprach er, ich suchte die Fürstin Hippolite – Hippolite? antwortete die Stimme: kamst du in diese Burg, Hippoliten zu suchen? – Indem wandte die Gestalt sich langsam herum, und Friedrich sah die fleischlosen Kinnladen und leeren Zahnlücken eines Gerippes, in eine Mönchskutte gehüllt. Er prallte zurück. Engel der Gnade, beschützt mich! Verdiene ihren Schutz, sprach das Gespenst. Friedrich fiel auf seine Knie, und beschwor das Schattenbild, sich seiner zu erbarmen. Kennst du mich nicht mehr? sprach die Erscheinung. Entsinne dich des Waldes von Joppe! Bist du der heilige Einsiedler? rief Friedrich zitternd. Was kann ich thun für die Ruhe deiner Seele? Wardst du darum aus der Sclaverey befreyt, fragte ihn das Gespenst, um Fleischeslüsten nachzugehn? Bist du des vergrabenen Schwerdts, und seiner himmlischen Inschrift nicht mehr eingedenk?

Das bin ich noch, sprach Friedrich, aber sage mir, seliger Geist, was ist dein Auftrag an mich? Was soll ich weiter thun? Matilden vergessen! antwortete die Erscheinung, und verschwand.

Friedrichs Blut erstarrte in seinen Adern. Einige Minuten lang blieb er ohne Bewegung. Dann sank er nieder Antlitz vor dem Altar, und rief die Vermittelung jedes Heiligen an, ihm Verzeihung zu erwerben. Dieser Angst folgte ein Strom von Zähren. Aber wider seinen Willen drang sich das Bildniß der schönen Matilde vor seine Seele, und während er am Boden lag, stritten Buße und Leidenschaft um sein Herz. Noch dauerte die Beängstigung seiner Sinnen, als die Fürstin Hippolite, allein, eine Kerze in der Hand, in das Betgemach trat. Sie schrie auf vor Schrecken, einen Mann ohne Bewegung hingestreckt zu sehen, den sie für todt hielt. Ihre Furcht brachte Friedrichen wieder zu sich. Er richtete schnell sich auf, das Angesicht naß von Thränen, und wolte ihrer Gegenwart entrinnen; aber Hippolite hielt ihn zurück, und bat ihn mit klagender Stimme, die Ursache seiner Verwirrung zu erklären, und durch welch einen sonderbaren Zufall sie ihn dort, in der Lage, finden müssen? Tugendhafte Fürstin! sprach der Markgraf von Gram übernommen, und schwieg. Um des Himmels willen! mein Fürst, sagte Hippolite, enthüllen Sie mir die Ursach dieser Betrübniß. Wozu diese Trauertöne, dieser unruhvolle Ausruf meines Nahmens? Welchen neuen Kummer bereitet das Schicksal der unglücklichen Hippolite? Sie schweigen noch? Bey den Engeln des Erbarmens, beschwör' ich Sie, edler Fürst, fuhr sie fort, und warf sich zu seinen Füßen, mir das zu entdecken, was Sie in Ihrem Herzen verschließen. Ich sehe Sie fühlen für mich. Sie fühlen die bittre Wunde, die Sie verursachen. – Reden Sie aus Mitleid! Wissen Sie etwas, das mein Kind betrift? O Matilde! rief Friedrich, ich kann nicht reden! und riß sich los.

So schnell verließ er die Fürstin, und eilte in sein Gemach. An der Thür desselben traf er Manfreden, der, von Liebe und Wein begeistert, gekommen war, ihn aufzusuchen, und ihm vorzuschlagen, ob er nicht noch einige Stunden der Nacht mit Saitenklang und Schwärmen verbringen wolle? Eine Einladung dieser Art stimmte so übel zu Friedrichs Gefühlen, daß sie ihn beleidigte; er stieß seinen Wirth unhöflich bey Seite, ging in sein Zimmer, schlug die Thür heftig zu, und schob den Riegel vor.

Der stolze Manfred ergrimmte über ein so unerklärliches Betragen, und begab sich von dort in einem Zustande des Gemüths, der den verderblichsten Ausbruch möglich machte. Als er über den Hof ging, stieß er auf den Bedienten, den er in der Nähe des Klosters gelassen hatte, Geronimo und Theodoren nachzuspühren. Dieser hatte sich ganz außer Athem gelaufen, und erzählte seinem Herrn, Theodor und eine Dame aus der Burg hielten in diesem Augenblick eine geheime Unterredung an Alfonso's Grabe, in der Kirche San Nicola. Theodoren hatte er bis dahin nachgespürt, aber die Dunkelheit der Nacht verhinderte ihn, zu entdecken, wer das Frauenzimmer war.

Manfreds Seele war entbrannt. Isabelle hatte ihn entfernt, da er ihr seine Leidenschaft mit zu wenigem Rückhalt aufdrang; er zweifelte nicht, sie deswegen so unruhig gefunden zu haben, weil sie ungeduldig gewesen sey, mit Theodoren zusammen zu kommen. Aufgebracht durch diese Vermuthung, wüthend gemacht durch ihren Vater, ging er heimlich und eilends zum Dom. Leise schlich er sich durch die Bänke. Ein schwacher Mondesschimmer warf sein undeutliches Licht durch bemahlte Fensterscheiben: aber das unverständliche Zischeln der Personen, die er suchte, führte ihn endlich zum Grabmal Alfonso's. Nun verstand er einige Worte. Das hängt von mir nicht ab. Manfred willigt nie in unsre Verbindung. Nein! dies verhindert sie auf ewig! rief der Tyrann, zog seinen Dolch, und stieß ihn über die Schulter dem sprechenden Mädchen in die Brust. Weh mir! Ich sterbe! rief Matilde sinkend. Gott nimm meinen Geist auf! –Ungeheuer! was hast du gethan? rief Theodor, rannte auf Manfred zu, und entriß ihm den Dolch – O halt ein! seufzte Matilde. Es ist mein Vater! Manfred erwachte wie aus einer Vergeisterung, schlug an seine Brust, raufte sich das Haar, und versuchte, Theodoren den Dolch zu entwinden, um sich selbst ein Ende zu machen. Theodor war nicht viel weniger außer sich, und bekämpfte nur die Heftigkeit seines Schmerzes, um Matilden beyzustehn. Sein Geschrey zog mehrere Mönche herbey. Ein Theil von ihnen versuchte mit dem betrübten Theodor, das Blut der sterbenden Prinzessin zurückzuhalten: die übrigen verhinderten Manfreden, gewaltsame Hand an sich selbst zu legen.

Matilde ergab sich geduldig in ihr Schicksal, und erkannte Theodors Eifer mit Blicken liebenden Dankes. So oft aber ihre Schwachheit ihr zu sprechen erlaubte, bat sie die Umstehenden, ihren Vater zu trösten.

Um diese Zeit hatte Geronimo die Trauerbotschaft vernommen, und trat in die Kirche. Seine Blicke machten Theodoren Vorwürfe. Zu Manfred sprach er: Nun Tyrann, sind die Flüche auf dein ruchloses geweihtes Haupt erfüllt. Alfonso's Blut schrie zum Himmel um Rache, und der Himmel hat seinen Altar durch Meuchelmord beflecken lassen, damit du dein eignes Blut am Fuß des fürstlichen Grabes vergößest! – Wer kann meines Vaters Gram vermehren wollen? rief Matilde. Gott segne Sie, mein Vater, und vergebe Ihnen, wie ich. Mein Vater, mein Fürst, vergeben Sie Ihrem Kinde auch? Gott ist mein Zeuge, ich kam nicht hieher, Theodoren zu treffen! Ich fand ihn betend an diesem Grabmal, zu dem meine Mutter mich sandte, für Sie den Himmel anzurufen, und für sich. Segnen Sie mich, mein Vater, und verzeihn Sie mir. – Ich dir? sprach Manfred. Hat ein Mörder Segen? Ich hielt dich für Isabellen; und der Himmel leitete meine blutige Faust in die Brust meines Kindes. O Matilde! kannst du meiner blinden Wuth verzeihn? Ich kann, ich will, ich thu' es von ganzem Herzen, rief Matilde. Aber, o meine Mutter! Trösten Sie die, mein Vater, verstoßen Sie die nicht, sie liebt Sie, wie ich. – Ich bin schwach. Tragt mich in die Burg! Laßt mich sie noch einmal sehn!

Theodor und die Mönche baten sie dringend, sich ins Kloster tragen zu lassen, aber sie jammerte so sehr nach der Burg, daß man sie auf eine Bahre legte, und dorthin trug. Theodor stützte ihr Haupt mit seiner Hand, hing über ihr mit der Angst verzweifelnder Liebe, und suchte noch ihr Hofnungen des Lebens zuzuflüstern. Geronimo sprach ihr auf der andern Seite Trost des Himmels ein, hielt ein Crucifix hin, das sie mit unschuldigen Thränen benetzte, und bereitete sie zum Hingange in die Unsterblichkeit. Manfred, schmerzversunken, folgte der Bahre in dumpfer Verzweiflung.

Ehe sie die Burg erreichten, hatte Hippolite die schreckliche Begebenheit schon vernommen, und floh ihrer gemordeten Tochter entgegen; als sie aber den Trauerzug erblickte, übernahm die Gewalt des Schmerzes ihre Sinne, sie stürzte ohnmächtig und leblos zu Boden. Isabelle und Friedrich, die ihr zu Hülfe eilten, waren beynahe nicht minder von Gram übernommen. Nur Matilde selbst schien ihren Zustand nicht fühlen, jeder ihrer Gedanken verlor sich in kindliche Zärtlichkeit. Sie ließ die Bahre stillhalten. Sobald Hippolite zu sich gekommen war, fragte sie nach ihrem Vater.

Er trat sprachlos herzu. Matilde ergrif seine Hand und die Hand ihrer Mutter, schloß sie in die ihrige zusammen, und drückte sie dann an ihr Herz. Dieser Ausdruck kindlicher Liebe war mehr als Manfred ertragen konnte. Er warf sich wüthend zur Erde, und verfluchte den Tag seiner Geburt. Isabelle besorgte, der Kampf dieser Gefühle werde Matilden zu sehr erschüttern, und nahm es auf sich, ihn in sein Gemach tragen zu lassen, während man Matilden ins nächste Zimmer brachte. Hippolite hatte wenig Leben mehr als ihre Tochter, und achtete auf nichts als auf sie. Als aber der zärtlichen Isabelle Sorgfalt auch sie entfernen wolte, während die Wundärzte Matildens Wunde untersuchten, rief sie: Nein! nein! ich bleibe! Ich lebte nur in meiner Tochter, mit ihr will ich sterben. Matilde schlug vor der mütterlichen Stimme die Augen auf, und schloß sie wieder ohne Worte. Ihr Pulsschlag sank, ihre Hand ward kalt und feucht, alle Hofnung der Genesung entfloh. Theodor folgte den Aerzten in ein äußeres Zimmer, sie sprachen das Urtheil des Todes, seine Wuth stieg zum Wahnsinn empor. Sie kann nicht für mich leben, rief er, wenigstens sey sie mein im Tode! Geronimo! mein Vater! wollen Sie unsre Hände nicht zusammen geben? Der Mönch und der Markgraf hatten die Wundärzte begleitet. Was soll dieser wilde Unsinn? sprach Geronimo. Ist dies eine hochzeitliche Stunde? Sie ist es allerdings, antwortete Theodor, es giebt leider keine andre. Lassen Sie sich rathen, junger Mann, sagte Friedrich. Können wir in dieser schrecklichen Zeit auf die Schwärmereyen der Liebe achten? Was für Ansprüche haben Sie auf die Prinzessin? Fürsten-Ansprüche, sprach Theodor. Ich bin Herr von Otranto. Dieser ehrwürdige Geistliche, mein Vater, hat mich gelehrt, wer ich bin. Sie sind nicht gescheut, erwiederte der Markgraf, es giebt keinen Fürsten von Otranto, als mich; denn Manfred hat durch Mord, durch Kirchen entweihenden Mord, seine Rechte verlohren. Gnädiger Herr, sprach Geronimo mit stolzem Blick, er sagt Ihnen die Wahrheit. Es war meine Absicht nicht, das Geheimniß so früh zu offenbaren, aber das Schicksal stürmt zur Vollendung seines Werks. Was seine entbrannte Leidenschaft offenbarte, bestätigt meine Zunge. Wissen Sie, gnädiger Herr, als Alfonso dem gelobten Lande zusegelte – Ist dies eine Zeit für Erzählungen? fragte Theodor. Eilen Sie, mein Vater, mich mit der Prinzessin zu verbinden; sie soll mein seyn. In jedem andern Stück will ich Ihnen pflichtschuldigst gehorchen! Mein Leben! meine angebetete Matilde! rief Theodor, und rannte in das innere Zimmer

zurück. Wollen Sie nicht mir gehören? Wollen Sie mich nicht segnen? – Isabelle winkte ihm zu schweigen; sie fürchtete, die Prinzessin sey ihrem Ende nahe. Ist sie todt? rief Theodor. Muß sie sterben? Sein lautes Geschrey brachte Matilden wieder zu sich. Sie schlug ihre Augen auf, und sah sich nach ihrer Mutter um. Leben meiner Seele! ich bin hier, sprach Hippolite. Fürchte nicht, daß ich dich verlasse! Sie sind zu gut, Mutter, sagte Matilde; aber weinen Sie nicht um mich: wo ich hingehe, fließen keine Thränen. Isabelle, du hast mich geliebt, du wirst statt meiner diese Mutter pflegen? Weh mir! ich bin schwach! O mein Kind, mein Kind, jammerte Hippolite in einer Thränenfluth, kann ich dich keinen Augenblick aufhalten? Es ist nicht möglich, sprach Matilde. Beten Sie für mich. Wo ist mein Vater? Vergeben Sie ihm, theure Mutter, vergeben Sie ihm meinen Tod. Er war hintergangen. Ich vergaß – Liebe Mutter, ich gelobte, Theodoren nicht wieder zu sehn: vielleicht hat meine Unterredung mit ihm mich in dies Unglück gestürzt, aber ich suchte sie nicht. Können Sie mir verzeihn? Beuge mich nicht noch tiefer, sprach Hippolite, du hast mich nie beleidigt. Sie stirbt! helft! helft! Ich wolte noch etwas sagen, sprach Matilde im Todeskampf, aber ich kann nicht. Isabelle – Theodor – um meinet willen – O! – Sie verstummte. Isabelle und die Dienerinnen entrissen Hippolite dem Leichnam, aber Theodor drohte den zu tödten, der versuchen würde, ihn zu entfernen. Er drückte tausend Küsse auf ihre eiskalten Hände, und sprach Worte verzweifelnder Liebe.
Unterdessen begleitete Isabelle die betrübte Hippolite in ihr Gemach. Auf der Mitte des Hofraums begegnete ihnen Manfred, zerrissen von seinen Gefühlen, ängstlich seine Tochter noch einmal zu erblicken, und dem Zimmer zueilend wo sie lag. Der Mond, in seiner glanzreichesten Höhe, zeigte ihm auf den Gesichtern dieser unglücklichen Gesellschaft, den Ausgang den er scheute. Ist sie todt? rief er in wilder Verstörung. Ein Donnerschlag erschütterte die Burg in ihren Grundfesten, die Erde erbebte, und ein Laut überirrdischer Waffen stieg empor. Friedrich und Geronimo dachten, es nahe der jüngste Tag. Auch sie stürzten in den Hof, und rissen Theodoren mit sich fort. In dem Augenblick, da Theodor dazu trat, wurden die Mauern der Burg hinter Manfred mit mächtiger Gewalt danieder geworfen, und Alfonso's Gestalt zu unermeßlicher Größe ausgedehnt, stand auf der Mitte der Trümmer. Theodor ist der wahre Erbe Alfonso's! sprach das Gesicht.

Ein Donnerschlag folgte der Rede, und feyerlich schwebt' es zum Himmel empor. Die Wolken theilten sich. Des heiligen Niklas Gestalt umarmte Alfonso's Schatten. Die Ausstrahlung ihrer Glorie entriß sie sterblichen Augen.

Die das sahen, warfen sich mit dem Antlitz zur Erde, und erkannten den Willen des Himmels. Hippolite brach die Stille zuerst. O mein Gemahl, sprach sie zu Manfred, dessen große Seele endlich erlag, so eitel ist die Hoheit der Menschen! Corrado verloren! Matilde dahin! und Theodor Otranto's rechtmäßiger Besitzer! Durch welches Wunder er es ist, weiß ich nicht, aber unser Urtheil ward gesprochen! Wir haben nichts zu thun, wenn unserm kläglichen Leben noch einige Augenblicke übrig bleiben, als Gott zu bitten, daß er seinen Zorn nicht ferner walten lasse. Der Himmel treibt uns von hier, jene heilige Klause beut uns eine Zuflucht. Du bist schuldlos und unglücklich, erwiederte Manfred, dein Unglück büßt fremde Vergehungen, und erst jetzt hab' ich ein Herz für deinen Zuspruch. Ihr steht und staunt? Ich will mir selbst Gerechtigkeit wiederfahren lassen. Schmach über mein Haupt zu bringen, ist alle Genugthuung, die ich dem beleidigten Himmel anbieten kann. Seine Gerichte fallen auf mich, mein Bekenntniß mag ihn versöhnen. Aber wer versöhnt mich mit mir selbst, daß ich mein Kind ermordete? daß eine heilige Stäte der heiligsten Unschuld keine Zuflucht gab? Hört mich an, und lernt für euch selbst, und für die Zukunft.

Ihr alle wißt, Alfonso starb im gelobten Lande. – Wißt ihr auch, daß er durch die Hand eines Verräthers fiel? Daß er es ist, dessentwegen ich diesen bittern Kelch bis auf die Hefen leeren muß? Hinweg mit dem Schleyer! Riccardo, mein Großvater, war sein Kämmerling. Alfonso starb an Gift. Ein untergeschobener letzter Wille erklärte Riccardo für seinen Erben. Seine Sünde lag schwer auf ihm. Doch verlor er keinen Corrado, keine Matilde; ich muß für alles bezahlen! Ein Sturm überfiel ihn. Seine Schuld schwebt' ihm immer vor Augen; er gelobte dem heiligen Niklas eine Kirche und zwey Klöster, wenn er leben würde Otranto zu erreichen. Sein Opfer ward angenommen, der Heilige erschien ihm im Traum, und versprach ihm: Riccardo's Nachkommenschaft solle Otranto beherrschen, bis der rechtmäßige Eigenthümer zu groß geworden sey, die Burg zu bewohnen, und so lange Riccardo männliche Erben haben werde, sie zu besitzen.

Jetzt lebt, von seinem unglücklichen Geschlecht, weder Mann noch Weib, außer mir. Der Jammer dieser drey letzten Tage vollendet meine Erzählung. Wie dieser Jüngling Alfonso's Erbe seyn kann, weiß ich nicht, und bezweifle ich nicht. Sein ist dieses Reich, ich entsag' ihm. Ich habe zwar nie von einem Erben Alfonso's gehört. Des Herrn Wille geschehe! Armuth und Gebet sind fortan mein kümmerlich Loos, bis Manfred zu Riccardo versammelt wird.

Ich kann alles erklären, sprach Geronimo. Als Alfonso dem gelobten Lande zusegelte, warf ihn ein Sturm an die Küste Siciliens. Das andre Schif, welches Riccardo und sein Gefolge trug, wie Ihre Hoheit wissen werden, ward von ihm getrennt. Das ist wahr, erwiederte Manfred, aber der Titel, den Sie mir geben, kommt einem Verbannten nicht zu. Weiter! Geronimo erröthete und fuhr fort: Drey Monathe hielten widrige Winde Alfonso in Sicilien zurück. Hier verliebte er sich in ein schönes Fräulein, mit Nahmen Victoria. Er war zu gottselig, sie zu verbotner Lust zu verführen. Sie wurden verheyrathet. Doch fürchtete er, man mögte diese Liebe dem heiligen Gelübde der Kreuzfahrer, das ihn band, nicht angemessen glauben, und beschloß daher, seine Vermählung bis zu seiner Rückkunft zu verheimlichen, wo er Victorien als seine rechtmäßige Gattin aufsuchen, und anerkennen wolte. Er verließ sie schwanger. Sie gebar in seiner Abwesenheit eine Tochter. Aber kaum hatte sie die Schmerzen der Mutter überstanden, als sie die traurige Nachricht von dem Tode ihres Gemahls erhielt, und daß Riccardo sein Nachfolger sey. Was konnte ein freundloses hülfloses Weib beginnen? Was galt ihr Zeugniß? Freylich, gnädiger Herr, hab' ich alles unter Brief und Siegel. – Die Greuel dieser Tage, versetzte Manfred, die wir eben erblickten, sprechen lauter als tausend Urkunden. Matilde ist ja gemordet, und ich verbannt. – Fassen Sie sich, mein Gemahl, sprach Hippolite. Dieser ehrwürdige Mann wolte Ihren Gram nicht erneuern. Geronimo fuhr fort.

Ich will nichts erzählen, was nicht zur Sache gehört. Als Victoriens Tochter herangewachsen war, ward sie mir zur Gattin gegeben. Victoria starb, ihr Geheimniß verschloß ich in meiner Brust. Theodors Geschichte hat Ihnen das übrige erläutert.

Der Klosterbruder schwieg. Die trostlose Gesellschaft begab sich in den Theil der Burg, der stehen geblieben war.

Am Morgen darauf unterschrieb Manfred, mit Hippolitens Zustimmung, seine Entsagung des Fürstenthums, und jedes von ihnen erwählte eine Ordenskleidung der nahgelegenen Klöster. Friedrich bot seine Tochter dem neuen Fürsten an; Hippolitens Zärtlichkeit gegen Isabellen beförderte diesen Entschluß. Aber noch war Theodors Gram zu frisch, dem Gedanken an eine andre Liebe Raum zu geben: und erst nachdem er oft mit Isabellen über seine unvergeßliche Matilde gesprochen, überredete er sich, es gebe kein ander Gluck für ihn, als die Gesellschaft, worin er einer Schwermuth nachhängen dürfe, die sich seiner Seele auf immer bemeistert hatte.

Titelliste Taschenbuch-Literatur-Klassiker

Bd. 1 *Abenteuer und Fahrten des Huckleberry Finn*, Mark Twain, Bd. 2 *Andersens Märchen*, Hans Christian Andersen, Bd. 3 *Anton Reiser*, Karl Philipp Moritz, Bd. 4 *Aus dem Leben eines Taugenichts*, Joseph Freiherr v. Eichendorff, Bd. 5 *Bahnwärter Thiel*, Gerhard Hauptmann, Bd. 6 *Bambi Eine Lebensgeschichte aus dem Walde*, Felix Salten, Bd. 7 *Bauern, Bonzen und Bomben*, Hans Fallada, Bd. 8 *Bel Ami*, Guy de Maupassant, Bd. 9 *Bergkristall*, Adalbert Stifter, Bd. 10 *Candide oder der Optimismus*, Voltaire, Bd. 11 *Caspar Hauser oder Die Trägheit des Herzens*, Jakob Wassermann, Bd. 12 *Dantons Tod*, Georg Büchner, Bd. 13 *Das Bildnis des Dorian Grey*, Oscar Wilde, Bd. 14 *Das Dschungelbuch*, Rudyard Kipling, Bd. 15 *Das Fräulein von Scuderi*, ETA Hoffmann, Bd. 16 *Das Gemeindekind*, Marie v. Ebner-Eschenbach, Bd. 17 *Das Heptameron*, *Margarete v. Navarra*, Bd. 18 *Märchenbriefbuch der heiligen Nächte*, Max Dauphtendey, Bd. 19 *Das Marmorbild*, Joseph v. Eichendorff, Bd. 20 *Das Schloss*, Franz Kafka, Bd. 21 *Das Urteil*, Franz Kafka, Bd. 22 *David Copperfield*, Charles Dickens, Bd. 23 *Der abenteuerliche Simplizissimus*, Grimmelshausen, Bd. 24 *Der arme Spielmann*, Franz Grillparzer, Bd. 25 *Der eingebildete Kranke*, Moliere, Bd. 26 *Der ewige Spießer*, Ödön v. Horváth, Bd. 27 *Der Fürst*, Nocolò Machiavelli, Bd. 28 *Der Glöckner von Notre Dame*, Victor Hugo, Bd. 29 *Der goldene Esel*, Apuleius, Bd. 30 *Der goldene Topf*, ETA Hoffmann, Bd. 31 *Der Graf von Monte Christo*, Alexandre Dumas, Bd. 32 *Der grüne Heinrich*, Gottfried Keller, Bd. 33 *Der kleine Häwelmann und andere Märchen*, Theodor Storm, Bd. 34 *Der kleine Lord*, Frances Hodgson Burnett, Bd. 35 *Der letzte Mohikaner*, James Fenimore Cooper, Bd. 36 *Der Prozess*, Franz Kafka, Bd. 37 *Der Sandmann*, ETA Hoffmann, Bd. 38 *Der Schimmelreiter*, Theodor Storm, Bd. 39 *Der Schuss von der Kanzel*, Conrad Ferdinand Meyer, Bd. 40 *Der Seewolf*, Jack London, Bd. 41 *Der seltsame Fall des Dr. Jekyll und Mr. Hyde*, Robert Louis Stevenson, Bd. 42 *Der Stechlin*, Theodor Fontane, Bd. 43 *Der Sturmheidhof (Sturmhöhe)*, Emily Brontë, Bd. 44 *Der Tor und der Tod*, Hugo v. Hofmannsthal, Bd. 45 *Der Weg ins Freie*, Arthur Schnitzler, Bd. 46 *Der zerbrochene Krug*, Heinrich v. Kleist, Bd. 47 *Deutsches Märchenbuch*, Ludwig Bechstein, Bd. 48 *Deutschland. Ein Wintermärchen*, Heinrich Heine, Bd. 49 *Die Abenteuer der sieben Schwaben*, Ludwig Aurbacher, Bd. 50 *Die Burg von Otranto*, Horace Walpole, Bd. 51 *Die drei Musketiere*, Alexandre Dumas, Bd. 52 *Die Elixiere des Teufels*, ETA Hoffmann, Bd. 53 *Die Geschichte meines Lebens*, Georg Ebers, Bd. 54 *Die Insel Felsenburg*, Johann Gottfried Schnabel, Bd. 55 *Die Judenbuche*, Annette v. Droste-Hülshoff, Bd 56. *Die Kameliendame*, Alexandre Dumas, Bd. 57 *Die Kartause von Parma*, Stendhal, Bd. 58 *Die Kreutzersonate*, Lew Tolstoi, Bd. 59 *Die Leiden des jungen Werther*, Johann Wolfgang v. Goethe, Bd. 60 *Die Leute von Seldvyla I*, Gottfried Keller, Bd. 61 *Die Leute von Seldvyla II*, Gottfried Keller, Bd. 62 *Die Marquise*, George Sand, Bd. 63 *Die Marquise von O.*, Heinrich v. Kleist, Bd. 64 *Die Memoiren der Fanny Hill*, John Cleland, Bd. 65 *Die Ratten*, Gerhard Hauptmann, Bd. 66 *Die Räuber*, Friedrich v. Schiller, Bd. 67 *Die Regentrude*, Theodor Storm, Bd. 68 *Die Reisen des Baron zu Münchhausen*, Bd. 69 *Die Schatzinsel*, Robert Louis Stevenson, Bd. 70 *Die Verlobten*, Allessandro Manzoni, Bd. 71 *Die Verwandlung*, Franz Kafka, Bd. 72 *Die Verwirrungen des Zöglings Törleß*, Robert Musil, Bd. 73 *Die Waffen nieder*, Berta von Suttner, Bd. 74 *Die Wahlverwandtschaften*, Johann Wolfgang v. Goethe, Bd. 75 *Don Carlos*, Friedrich v. Schiller, Bd. 76 *Eduards Traum*, Wilhelm Busch, Bd. 77 *Effi Briest*, Theodor Fontane, Bd. 78 *Egmont*, Johann Wolfgang v. Goethe, Bd. 79 *Ein Held unserer Zeit*, Michail Lermontoff, Bd. 80 *Einsichten und Ausblicke*, Gerhard Hauptmann, Bd. 81 *Emilia Galotti*, Gottold Ephraim Lessing, Bd. 82 *Erinnerungen aus galanter Zeit*, Giacomo Casanova, Bd. 83 *Erzählungen*, Wilhelm Busch, Bd. 84 *Es waren zwei Königskinder*, Theodor Storm, Bd. 85 *Essays*, Michel de Montaigne, Bd. 86 *Franz Sternbalds Wanderungen*, Ludwig Tieck, Bd. 87 *Fräulein Else*, Arthur Schnitzler, Bd. 88 *Frühlings Erwachen*, Frank Wedekind, Bd. 89 *Gedanken*, Blaise Pascal, Bd. 90 *Gefährliche Liebschaften*,

Pierre-Ambroise-François Choderlos de Laclos, Bd. 91 *Gegen den Strich*, Joris-Karl Huysmany, Bd. 92 *Geschichte des Fräuleins von Sternheim*, Sophie v. La Roche, Bd. 93 *Geschichte vom braven Kasperl und dem Annerl*, Clemens Brentano, Bd. 94 *Geschichten aus dem Wienerwald*, Ödön v. Horváth, Bd. 95 *Glanz und Elend der Kurtisanen*, Honore de Balzac, Bd. 96 *Glück und Unglück der berühmten Moll Flanders*, Daniel Defoe, Bd. 97 *Götz von Berlichingen*, Johann Wolfgang v. Goethe, Bd. 98 *Gullivers Reisen*, Jonathan Swift, Bd. 99 *Heidis Lehr und Wanderjahre*, Johann Spyri, Bd. 100 *Heinrich von Ofterdingen*, Novalis, Bd. 101 *Hiob Roman eines einfachen Mannes*, Joseph Roth, Bd. *102 Immensee*, Theodor Storm, Bd. 103 *Iphigenie auf Tauris*, Johann Wolfgang v. Goethe, Bd. 104 *Italienische Märchen*, Clemens Brentano, Bd. 105 *Ivannhoe*, Walter Scott, Bd. 106 Jahrmarkt der Eitelkeiten, William Makepaece Thackeray, Bd. 107 *Jane Eyre*, Charlotte Brontë, Bd. 108 *Jugend ohne Gott*, Ödön v. Horvath, Bd. 109 *Jürg Jenatsch*, Conrad Ferdinand Meyer, Bd. 110 *Kabale und Liebe*, Friedrich v. Schiller, Bd. 111 *Kasimir und Karoline*, Ödön v. Horvath, Bd. 112 *Kinder- und Hausmärchen*, Gebrüder Grimm, Bd. 113 *Kleiner Mann, was nun*, Hans Fallada, Bd. 114 *König Alkohol*, Jack London, Bd. 115 *Krambambuli*, Marie Ebner-Eschenbach, Bd. 116 *Lausbubengeschichten*, Ludwig Thoma, Bd. 117 *Lavinia - Pauline - Kora*, George Sand, Bd. 118 *Leben und Lüge*, Detlev von Liliencron, Bd. 119 *Lebensansichten des Katers Murr*, ETA Hoffmann, Bd. 120 *Lenz. Der hessische Landbote*, Georg Büchner, Bd. 121 *Lieutenant Gustl*, Arthur Schnitzler, Bd. 122 *Lord Jim*, Joseph Conrad, Bd. 123 *Luise*, Johann Heinrich Voß, Bd. 124 *Madame Bovary*, Gustave Flaubert, Bd. 125 *Märchen*, Wilhelm Hauff, Bd. 126 *Maria Stuart*, Friedrich v. Schiller, Bd. 127 *Max Havelaar*, Multatuli, Bd. 128 *Meister Floh*, ETA Hoffmann, Bd. 129 *Michael Kohlhaas*, Heinrich v. Kleist, Bd. 130 *Minna von Barnhelm*, Gotthold Ephraim Lessing, Bd. 131 *Moby Dick*, Hermann Melville, Bd. 132 *Nathan, der Weise*, Gotthold Ephraim Lessing, Bd. 133-1 und 133-2 *Nils Holgersson wunderbare Reise*, Selma Lagerlöf, Bd. 134 *Niels Lyne*, Jens Peter Jacobsen, Bd. 135 *Nußknacker und Mausekönig*, ETA Hoffmann, Bd. 136 *Oliver Twist*, Charles Dickens, Bd. 137 *Onkel Toms Hütte*, Herriett Beecher Stowe, Bd. 138 *Peter Schlemihls wundersame Geschichte*, Adalbert v. Chamisso, Bd. 139 *Peterchens Mondfahrt*, Gerdt v. Bassewitz, Bd. 140 *Pinocchio*, Carlo Collodi, Bd. 141 *Reinecke Fuchs*, Johann Wolfgang v. Goethe, Bd. 142 *Rheinmärchen*, Clemens Brentano, Bd. 143 *Rinaldo Rinaldini*, Christian August Vulpius, Bd. 144 *Robinson Crusoe*; Daniel Defoe, Bd. 145 *Romeo und Julia*, William Shakespeare Bd. 146 *Schach von Wuthenow*, Theodor Fontane, Bd. 147 *Schachnovelle*, Stefan Zweig, Bd. 148 *Schatzkästlein des rheinischen Hausfreundes*, Johann Peter Hebel, Bd. 149 *Schelmuffskys Reisebeschreibung*, Christian Reuter, Bd. 150 *Schloss Gripsholm*, Kurt Tucholsky, Bd. 151 *Siebenkäs*, Jean Paul, Bd. 152 *Sternstunden der Menschheit*, Stefan Zweig, Bd. 153 Tao te king, Laotse, Bd. 154 *Till Eulenspiegel*, Hermann Bote, Bd. 155 *Tolldreiste Geschichten*, Honorè de Balzac, Bd. 156 *Tom Jones, Geschichte eines Findelkindes*, Henry Fielding, Bd. 157 *Tom Sawyers Abenteuer und Streiche*, Mark Twain, Bd. 158 *Troquato Tasso*, Johann Wolfgang v. Goethe, Bd. 159 *Traumnovelle*, Arthur Schnitzler, Bd. 160 *Trost der Philosophie*, Boethius, Bd. 161 *Über den Umgang mit Menschen*, Adolph Freiherr v. Knigge, Bd. 162 *Uli der Knecht*, Jeremias Gotthelf, Bd. 163 *Uli der Pächter*, Jeremias Gotthelf, Bd. 164 *Ungeduld des Herzens*, Stefan Zweig, Bd. 165 *Ut oler Welt*, Wilhelm Busch, Bd. 166 *Vater Goriot*, Honorè de Balzac, Bd. *167 Väter und Söhne*, Ivan Sergejeviç Turgenev, Bd. 168 *Verlorene Illusionen*, Honorè de Balzac, Bd. 169 *Von der Freiheit eines Christenmenschen*, Martin Luther – Bd. 170 *Von der Ursache, dem Prinzip und dem Einen*, Bruno Giordano, Bd. 171 *Vor Sonnenuntergang*, Gerhard Hauptmann, Bd. 172 *Walden oder Leben in den Wäldern*, Henry D. Thoreau, Bd. 173 *Wilhelm Meisters Lehrjahre*, Johann Wolfgang v. Goethe, Bd. 174 *Wilhelm Meisters Wanderjahre*, Johann Wolfgang v. Goethe, Bd. 175 *Wilhelm Tell*, Friedrich v. Schiller

Von demselben Autor/Herausgeber sind bei BOD bereits erschienen:

Alle Tage Feiertage
ISBN 978-3-7386-0409-2, 280 S.
Allerlei Anlässe zum Aktionieren, Feiern und Gedenken

100 Kinderlieder
ISBN 978-3-7322-3024-2, 112 S.
100 Kinderlieder, altbekannt und immer wieder gern gesungen

Liederbuch (Deutsche Volkslieder)
ISBN 978-3-8423-6702-9, 312 S.
300 Volkslieder aus 8 Jahrhunderten und aller Herren Länder

Sagen und Erzählungen aus Marburg und Oberhessen
ISBN 978-3-7347-8909-0 , 164 S.
Allerlei Schwänke und Geschichten aus dem Marburger Land

Tausenderlei über die Freiheit
ISBN 978-3-7322-9721-4, 140 S.
Mehr als 1000 Zitate, Bonmots und Aphorismen über die Freiheit

Tausenderlei über das Glück
ISBN 978-3-7322-5525-2, 160 S.
Mehr als 1000 Zitate, Bonmots und Aphorismen über das Glück

Tausenderlei über die Liebe
ISBN 978-3-8423-7474-4, 140 S.
Mehr als 1000 Zitate, Bonmots und Aphorismen zum Thema Nr. Eins

Weihnachtsgedichte– Verse, Reime und Gedichte zum Fest
ISBN 978-3-7347-6393-9, 352 S.
290 Werke bekannter und unbekannter Dichter zum Weihnachtsfest

Weihnachtsgeschichten - Erzählungen und Märchen
ISBN 978-3-7347-6404-2, 392 S.
85 kurze und lange Texte zur Weihnachtszeit

Weihnachtsgeschichten 2
ISBN 978-3-7481-7533-9, 360 S.
35 kürzere und längere Geschichten zur Weihnacht

100 Weihnachtslieder
ISBN 978-3-7322-3375-5, 112 S.
100 Weihnachtslieder aus der Heimat und der ganzen Welt